日語輕鬆遊

Travel made easy!

觀光會話一本 GO!

日語輕鬆遊

Travel made easy!

觀光會話一本 GO!

序

日語一直是台灣人很有興趣的外語，日本也一直是台灣人很愛去的國家之一。

在教日語的過程中，除了想唱歌的人以外，發現蠻多人都是為了去日本旅行時能派上用場。

學習語言上，有使用動機與需求是很棒的一件事情，那能大大地增加學習的動力。

而為了方便大家學習一些日本觀光旅行的相關日語，所以編了這本書。

從出入境開始，坐飛機、搭電車，住宿時可能會碰到的情況，餐廳用餐，購物，看醫生等等，編寫了各式情境的日語對話。

希望能有所幫助。

目 次

✈ 五十音--**平假名**

清音

ん	わ	ら	や	ま	は	な	た	さ	か	あ
		り		み	ひ	に	ち	し	き	い
		る	ゆ	む	ふ	ぬ	つ	す	く	う
		れ		め	へ	ね	て	せ	け	え
	を	ろ	よ	も	ほ	の	と	そ	こ	お

半濁音

ぱ
ぴ
ぷ
ぺ
ぽ

濁音

ば	だ	ざ	が
び	ぢ	じ	ぎ
ぶ	づ	ず	ぐ
べ	で	ぜ	げ
ぼ	ど	ぞ	ご

拗音 1

りゃ	みゃ	ひゃ	にゃ	ちゃ	しゃ	きゃ
りゅ	みゅ	ひゅ	にゅ	ちゅ	しゅ	きゅ
りょ	みょ	ひょ	にょ	ちょ	しょ	きょ

拗音 2

ぴゃ	びゃ	ぢゃ	じゃ	ぎゃ
ぴゅ	びゅ	ぢゅ	じゅ	ぎゅ
ぴょ	びょ	ぢょ	じょ	ぎょ

五十音--**片假名**

清音

ン	ワ	ラ	ヤ	マ	ハ	ナ	タ	サ	カ	ア
		リ		ミ	ヒ	ニ	チ	シ	キ	イ
		ル	ユ	ム	フ	ヌ	ツ	ス	ク	ウ
		レ		メ	ヘ	ネ	テ	セ	ケ	エ
	ヲ	ロ	ヨ	モ	ホ	ノ	ト	ソ	コ	オ

半濁音

パ
ピ
プ
ペ
ポ

濁音

バ	ダ	ザ	ガ
ビ	ヂ	ジ	ギ
ブ	ヅ	ズ	グ
ベ	デ	ゼ	ゲ
ボ	ド	ゾ	ゴ

拗音 1

リャ	ミャ	ヒャ	ニャ	チャ	シャ	キャ
リュ	ミュ	ヒュ	ニュ	チュ	シュ	キュ
リョ	ミョ	ヒョ	ニョ	チョ	ショ	キョ

拗音 2

ピャ	ビャ	ヂャ	ジャ	ギャ
ピュ	ビュ	ヂュ	ジュ	ギュ
ピョ	ビョ	ヂョ	ジョ	ギョ

✈ 機場櫃台劃位

くうこう	空港 (くうこう)	機場
チェックイン		報到
カウンター		櫃台
てつづき	手続き (てつづ)	手續
かいし	開始 (かいし)	開始
おねがいします	お願いします (ねが)	拜託你了、麻煩你了
パスポート		護照
チケット		票
せき	席 (せき)	座位
つうろがわ	通路側 (つうろがわ)	走道側
まどがわ	窓側 (まどがわ)	靠窗側
ならびせき	並び席 (なら せき)	相鄰的座位

單字 2

かんばい	完売	賣完
キャンセル		取消
できます		可以辦到
しだい	次第	取決於、一旦…便
れんらく	連絡	聯絡
にもつ	荷物	行李
スーツケース		行李箱
ライター		打火機
バッテリー		電池
無料		免費
キロ		公斤
オーバー		超過
りょうきん	料金	費用

單字 3

ちょっと		稍微
とりだします	取り出します	拿出來
もちこめます	持ち込めます	能夠帶進去
おきゃくさま	お客様	客人
サイズ		尺寸
とうじょうけん	搭乗券	登機證
とうじょうゲート	搭乗ゲート	登機門
しゅっぱつ	出発	出發
じこく	時刻	時間
むかう	向かう	前往
ごちゅういください	ご注意ください	請留意

航空公司

チャイナエアライン	中華航空
エバー航空 （こうくう）	長榮航空
キャセイパシフィック航空 （こうくう）	國泰航空
日本航空 （にほんこうくう）	日本航空 (JAL)
全日本空輸 （ぜんにっぽんくうゆ）	全日空 (ANA)
スターラックス	星宇航空 (STARLUX)
タイガーエア台湾 （たいわん）	台灣虎航
ピーチ	樂桃航空 (peach)
スクート	酷航 (scoot)

詢問櫃台所在

自己：すみません、チャイナエアラインの
(不好意思，請問中華航空的)

チェックインカウンターはどこですか。
(報到櫃台在哪裡)

工作人員：三階にございます。 十番カウンターでございます。
(在 3 樓，10 號櫃台)

自己：ありがとうございます。
(謝謝)

詢問報到時間

自己：TW２３便のチェックイン手続きは
(請問 TW23 號班機的報到手續)

何時から始まりますか。
(幾點會開始辦理)

工作人員：只今よりチェックイン手続きを開始いたします。
(現在便要開始辦理報到手續了)

辦理報到手續 ————————————————

自己：チェックインをお願[ねが]いします。
(請幫我辦理報到手續)

工作人員：かしこまりました。
(好的)

パスポートとチケットをお願[ねが]いします。
(請給我您的護照與機票)

自己：はい。
(好的)

選擇座位 ————————————————

工作人員：お席[せき]にご希望[きぼう]はございますか。
(在座位方面您有什麼需求嗎)

自己：通路側[つうろがわ]の席[せき]をお願[ねが]いします。
(請給我靠走道的位子)

工作人員：通路側[つうろがわ]ですね。かしこまりました。
(靠走道的座位嗎，我知道了)

排候補

工作人員：すみません、チケットは完売してしまいました。
(不好意思，票已經賣完了)

自己：そうですか。じゃ、キャンセル待ちはできますか。
(這樣啊，那麼我可以排候補嗎)

工作人員：はい、できます。
(是的，可以的)
では、キャンセル入り次第ご連絡差し上げます。
(那麼，一旦有人取消，我就會馬上和您聯絡)

自己：よろしくお願いします。
(拜託你了)

託運行李

工作人員：預け入れのお荷物はございますか。
(您有要託運的行李嗎)

自己：このスーツケースです。
(就這個行李箱)

工作人員：こちらにお荷物をお載せください。
(請將行李放到這上面)

自己：はい。
(好)

工作人員：中にライターやモバイルバッテリーは入っていますか。
(裡面有放打火機或行動電源等物品嗎)

自己：いいえ。
(沒有)

工作人員：無料でお荷物をお預け入れできるのは
(可以免費託運的行李)

　　　２０キロまでですが、
(只到 20 公斤為止)

　　　お客様のお荷物は２１キロで１キロオーバーです。
(客人您的行李是 21 公斤，超過了 1 公斤)

　　　このままお預かりすると、
(如果就照這樣託運的話)

　　　超過料金をいただくことになりますが、
(我們便會向您收取超重費)

　　　いかがなされますか。
(您打算如何呢)

自己：じゃ、ちょっと待っててください。
(那稍等我一下)

　　　中の物を少し取り出します。
(我拿一些東西出來)

詢問行李可否帶上機

自己：すみません、これは機内に持ち込めますか。
(不好意思，這個可以隨身登機嗎)

工作人員：ちょっとお調べしますね。すみません、お客様、
(我為您調查一下，這位客人不好意思)

このサイズだと預け荷物になってしまいます。
(這個大小的話，很遺憾會變成託運行李)

自己：そうですか。じゃ、預け荷物でいいです。
(這樣啊，那就託運吧)

領取登機證

工作人員：先にパスポートをお返しします。
(護照先還給您)

お待たせしました。
(讓您久等了)

こちらがお客様の搭乗券でございます。
(這張是您的登機證)

搭乗ゲートはＡ８となります。
(登機門在 A8)

上<ruby>に<rt>うえ</rt></ruby>書<ruby>いてある<rt>か</rt></ruby>出<ruby>発時刻<rt>しゅっぱつじこく</rt></ruby>の３０分<ruby>前<rt>さんじゅっぷんまえ</rt></ruby>までには、

(請您留意需在登機證上所寫的出發時間前 30 分鐘)

搭乗<ruby>ゲートへ向<rt>とうじょう</rt></ruby>かうようご注意<ruby>ください<rt>ちゅうい</rt></ruby>。

(前往至登機門)

自己：分<ruby>かりました<rt>わ</rt></ruby>。ありがとうございます。

(知道了，謝謝)

出境登機的流程

1. **辦理登機**
   準備好護照、簽證，最晚也要在飛機起飛前 1 小時抵達機場，找到指定的航空公司櫃台，辦理報到、託運行李，領取登機證。

2. **通過安檢**
   向安檢人員出示相關證件，將隨身行李放到 X 光輸送帶上(電子產品需要從行李內拿出來另外放)，然後等待指示通過安檢閘門。

3. **護照查驗**
   準備好護照、登機證等相關證件，海關人員查驗後會蓋下出境章，然後進到出境大廳。

4. **等待登機**
   來到出境大廳後，建議先找到自己要搭的班機的登機門，之後如果時間充裕再去逛免稅店。

5. **登機**
   時間差不多了，便到登機門等候，然後按照順序登機。

機場安檢

單字1

トレー		托盤
ノートパソコン		筆電
タブレット		平板電腦
スマホ (スマートフォン)		智慧型手機
てすう	手数 <small>てすう</small>	費工夫、手續
かばん	鞄 <small>かばん</small>	包包
うわぎ	上着 <small>うわぎ</small>	外套
したぎ	下着 <small>したぎ</small>	內衣
べつ	別 <small>べつ</small>	另外
だいじょうぶ	大丈夫 <small>だいじょうぶ</small>	沒問題
どうぞ		請

くつ	<ruby>靴<rt>くつ</rt></ruby>	鞋子
くつした	<ruby>靴下<rt>くつした</rt></ruby>	襪子
ポケット		口袋
ベルト		皮帶
カッター		刀片
はさみ	<ruby>鋏<rt>はさみ</rt></ruby>	剪刀
えきたいぶつ	<ruby>液体物<rt>えきたいぶつ</rt></ruby>	液狀物
ミリリットル		毫升
こちら		這邊(說話者側)
そちら		那邊(聽話者側)
あちら		那邊(雙方皆有距離)
すてます	<ruby>捨てます<rt>す</rt></ruby>	丟掉

過安檢

工作人員：お荷物をトレーに入れて、前へお進みください。
(請將行李放進托盤裡，然後往前進)

ノートパソコンやタブレットは入っていますか。
(請問裡面有放筆電或平板電腦之類的物品嗎)

自己：はい。
(有)

工作人員：お手数ですが、
(需要麻煩您)

鞄から取り出してトレーにお入れください。
(請將那些物品取出放進托盤)

上着も脱いで別のトレーにお入れください。
(外套也請您脫下放進另一個托盤)

自己：スマホは？
(那手機呢)

工作人員：スマートフォンは入れたままで大丈夫です。
(智慧型手機可以就這樣放著)

自己：分かりました。
(我知道了)

工作人員：どうぞ、お進みください。
(請前進)

其他指示 ───────────

工作人員：靴<ruby>くつ</ruby>をお脱<ruby>ぬ</ruby>ぎください。
(請脫下鞋子)

工作人員：ポケットの中身<ruby>なかみ</ruby>をお出<ruby>だ</ruby>しください。
(請拿出口袋內的物品)

工作人員：ベルトをお外<ruby>はず</ruby>しください。
(請解下皮帶)

發現違禁品 ───────────

工作人員：カッターやハサミなどの刃物<ruby>はものるい</ruby>類は
(刀片或剪刀等利器)

機内<ruby>きない</ruby>にお持<ruby>も</ruby>ち込<ruby>こ</ruby>みできません。
(不能帶至機內)

液体物<ruby>えきたいぶつ</ruby>も100ミリリットル以下<ruby>いか</ruby>のみでございます。
(液狀物也僅限100毫升以下)

こちらの物<ruby>もの</ruby>は機内<ruby>きない</ruby>へのお持<ruby>も</ruby>ち込<ruby>こ</ruby>みができませんので、
(由於這些東西不能帶進飛機)

あちらでお捨<ruby>す</ruby>ていただきます。
(請在那邊丟棄)

 # 航班狀況

單字 1

ちえん	遅延	誤點
おしらせ	お知らせ	公告、通知
おくれ	遅れ	延誤
あくてんこう	悪天候	惡劣天氣
ため		為了、因為
よてい	予定	預定
せいかく	正確	正確
こたえかねます	答えかねます	難以回答
トラブル		麻煩、問題
けっこう	欠航	停飛
あたらしい	新しい	新的
くりかえします	繰り返します	重複

單字2

ちえんしょうめいしょ	遅延証明書	航班延誤證明
のりおくれました	乗り遅れました	沒搭上
へんこう	変更	變更
ばあい	場合	情況
こうくうけん	航空券	機票
そのまま		就那樣子
こうにゅう	購入	購入
しなければいけません		必須
しかたありません	仕方ありません	沒辦法
いつ		什麼時候
くうせき	空席	空位
あります		有

航班延誤

工作人員：ご搭乗の皆様に遅延のお知らせです。
（各位旅客請注意）

TW２３便に遅れが出ています。
（TW 23 號班機將延遲起飛）

自己：遅延理由は何ですか。
（為什麼會誤點）

工作人員：悪天候のためでございます。
（是由於天候不佳）

自己：じゃ、何時に出発予定ですか。
（那麼預計幾點會出發）

工作人員：正確な出発時刻については答えかねますが、
（我無法回答正確的時間給您）

天候が回復次第出発いたします。
（不過待天候狀況回穩後便會出發）

其他狀況 ━━━━━━━━━━━━━━━━━━━━

工作人員：機材トラブルのため、TW２３便は欠航になりました。
　　　　(由於機械故障，TW 23 號班機將停飛)

工作人員：本日エバー航空は全便欠航です。
　　　　(今天長榮航空全面停飛)

新的起飛時間 ━━━━━━━━━━━━━━━━

工作人員：ご搭乗の皆様にお知らせです。
　　　　(各位旅客請注意)

　　　TW２３便の新しい出発時刻は
　　　(TW 23 號班機新的起飛時間)

　　　　１２時１０分でございます。繰り返します。
　　　(是 12 點 10 分。重複一次)

　　　TW２３便の新しい出発時刻は
　　　(TW 23 號班機新的起飛時間)

　　　　１２時１０分でございます。
　　　(是 12 點 10 分)

索取航班延誤證明

自己：すみません、遅延証明書をください。
(不好意思，請幫我開立航班延誤證明)

沒趕上航班

自己：すみません、飛行機に乗り遅れました。
(不好意思，我錯過了班機)

この次の便に変更できますか。
(有辦法改成下一班嗎)

工作人員：申し訳ございません。この場合、
(非常抱歉，這種情況下)

お手持ちの航空券がそのまま無効となりますので、
(您手上的機票將直接作廢)

変更することはできません。
(所以無法為您更改航班)

自己：チケットを新しく購入しなければいけませんか。
(我必須重新買票嗎)

工作人員：そうなりますね。
(是的)

自己：仕方ありませんね。次の便はいつ出発予定ですか。
しかた　　　　　　　　　つぎ　びん　　　　　しゅっぱつよてい
(那也沒辦法了。下一班是預計什麼時候起飛)

工作人員：三時間後でございます。
さんじかんご
(3 小時後)

自己：空席はまだありますか。
くうせき
(還有空位嗎)

工作人員：まだあります。
(還有)

自己：じゃ、それをお願いします。
ねが
(那就它吧,麻煩你了)

工作人員：かしこまりました。
(好的)

航班延誤險

或者叫旅遊平安險、旅行不便險等等,名稱不一定。
各保險公司規定不一,可注意保險內容是否有航班延誤的相關理賠內容。
如有保延誤險,要記得索取航班延誤證明,才好申請理賠。

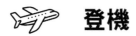 登機

單字 1

どうやって		要怎麼樣做
はず		應該
なぜか		為什麼
まちがい	間違い	錯誤
かくにん	確認	確認
まいります	参ります	去、來
しょうしょう	少々	稍微
おまちください	お待ちください	請等待
へんこう	変更	變更
アナウンス		廣播
まもなく		即將
はじまります	始まります	開始
あらかじめ	予め	預先、事先

單字2

キャビンアテンダント		空服人員
あんない	案内	帶路
ばんごう	番号	號碼
みぎてがわ	右手側	右手邊
ひだりてがわ	左手側	左手邊
おもう	思う	想、認為、覺得
まちがえました	間違えました	搞錯了
かぞく	家族	家人
ともだち	友達	朋友
かれし	彼氏	男朋友
かのじょ	彼女	女朋友
おなじ	同じ	同樣
いっしょ	一緒	一起

詢問登機門位置

自己：TW ２ ３ 便の搭乗ゲートには
<ruby>にじゅうさんびん<rt></rt></ruby> <ruby>とうじょう<rt></rt></ruby>
(請問 TW23 號班機的登機門)

どうやっていけばいいですか。
(要怎麼去)

自己：TW ２ ３ 便の搭乗ゲートはここですか。
(TW23 號班機的登機門是在這裡嗎)

登機門沒人

自己：すみません、
(不好意思)

TW ２ ３ 便の搭乗ゲートはここのはずですが、
(TW 23 號班機的登機門應該是在這裡)

なぜか誰もいないんです。
(但是不知為何都沒有人在)

工作人員：えっ、ここで間違いないのですか。
(咦？確定是在這裡嗎)

自己：はい、見てください。
(對啊，你看)

搭乗券<ruby>搭乗券<rt>とうじょうけん</rt></ruby>にもそう<ruby>書<rt>か</rt></ruby>いてあります。

(登機證上面也是這樣寫的)

工作人員：ただ<ruby>今<rt>いま</rt></ruby><ruby>確認<rt>かくにん</rt></ruby>して<ruby>参<rt>まい</rt></ruby>りますので<ruby>少々<rt>しょうしょう</rt></ruby>お<ruby>待<rt>ま</rt></ruby>ちください。

(我去問問看，請您稍等一下)

自己：はい、お<ruby>願<rt>ねが</rt></ruby>いします。

(好的，麻煩你了)

工作人員：さっきＡ８<ruby>八<rt>はち</rt></ruby>ゲートに<ruby>変更<rt>へんこう</rt></ruby>したというアナウンスが

(剛剛好像有廣播說)

あったようです。

(改到 A8 登機門了)

自己：そうなんですか。<ruby>分<rt>わ</rt></ruby>かりました。

(這樣啊，我知道了)

ありがとうございます。

(謝謝)

登機訊息

廣播：TW２３便はまもなく搭乗が始まります。
(TW23號班機即將開始登機)

ご搭乗のお客様はお早めに搭乗口へお越しください。
(欲搭乗的旅客請盡早前往登機門)

廣播：エバー航空東京行きTW２３便は
(長榮航空 TW23號飛往東京的班機)

ただいま搭乗を開始いたします。
(現在開始登機)

廣播：搭乗券とパスポートを予めご用意ください。
(請事先準備好您的登機證與護照)

請空服人員帶路

自己：席まで案内してもらえますか。

（可以請你帶我到位子上嗎）

詢問座位

自己：すみません、私の席はどこですか。

（不好意思，請問我的座位在哪）

工作人員：座席番号は何番でございますか。

（您的座位號碼是幾號呢）

自己：２１Ａです。

（21A）

工作人員：こちらの通路から進んで、右手側にございます。

（從這邊的走道往前走，然後就在您的右手邊）

自己：分かりました。ありがとうございます。

（我知道了，謝謝）

座位上有人

自己：すみません、ここは私の席だと思うのですが…。

(不好意思，這裡應該是我的座位…)

其他乘客：あっ、すみません。間違えました。

(啊，不好意思，我搞錯了)

跟別人換座位

自己：あの、すみません。

(那個，不好意思)

其他乘客：はい、何でしょうか。

(是的，有什麼事嗎)

自己：家族と一緒に座りたいのですが、

(我想和家人坐在一起)

席が分かれてしまいました。

(但我們的座位被分開了)

もしよろしければ、私と席を変わってもらえますか。

(如果可以的話，能跟我換位子嗎)

其他乘客：お席はどこですか。

(你的座位在哪)

自己：二列前の同じところです。
(往前兩排的同一個位置)

其他乘客：分かりました。交換しましょう。
(我知道了，那我們交換吧)

自己：ありがとうございます。
(謝謝)

婉拒別人的時候

自己：すみません、私達は一緒なんです。
(不好意思，我們是一起的)

✈ 飛機上

きないしょく	機内食 きないしょく	飛機餐
しょくじ	食事 しょくじ	餐點
わしょく	和食 わしょく	日式料理
ようしょく	洋食 ようしょく	西式料理
りょうり	料理 りょうり	料理
さかな	魚 さかな	魚肉
ぶたにく	豚肉 ぶたにく	豬肉
とりにく	鶏肉 とりにく	雞肉
のみもの	飲み物 の　もの	飲料
コーラ		可樂
ジュース		果汁
ワイン		葡萄酒

單字2

ひこうきよい	飛行機酔い	暈機
きもち	気持ち	心情、心意
きぶん	気分	心情、情緒
きげん	機嫌	心情(他人)
くすり	薬	藥品
まんがいち	万が一	萬一
エチケットぶくろ	エチケット袋	嘔吐袋
ボタン		按鈕
リクライニング		放倒椅背
ゆったり		放鬆、寬鬆
トイレ		洗手間
ほか		其他

單字 3

とうき	当機 (とうき)	本班機
りりく	離陸 (りりく)	起飛
ちゃくりく	着陸 (ちゃくりく)	降落
とうちゃく	到着 (とうちゃく)	抵達
にゅうこくカード	入国カード (にゅうこく)	入境卡
しんこくしょ	申告書 (しんこくしょ)	申報單
はいふ	配布 (はいふ)	發送
きがる	気軽 (きがる)	輕鬆、隨意
ちゅうごくご	中国語 (ちゅうごくご)	中文
えいご	英語 (えいご)	英文
にほんご	日本語 (にほんご)	日文

客艙內的物品

ものいれ	物入れ (もの い)	置物櫃
ブラインド		遮陽板
ひじかけ	肘掛け (ひじ か)	座位扶手
シート		座椅
シートポケット		椅背的置物袋
シートベルト		安全帶
まくら	枕 (まくら)	枕頭
もうふ	毛布 (もう ふ)	毛毯
みみせん	耳栓 (みみせん)	耳塞
イヤホン		耳機
モニター		螢幕
テーブル		餐桌

飛機餐

工作人員：失礼いたします。
(打擾了)

本日のお食事は和食と洋食の2種類を
(今天我們為您準備了)

ご用意しております。
(日式和西式兩種餐點)

和食の方に魚料理、洋食の方に豚肉料理を
(日式的部分為您準備的是魚肉料理)

ご用意させていただきます。
(西式的部分則是豬肉料理)

お客様はどちらになさいますか。
(客人您想要哪一種呢)

自己：うーん、和食で。
(嗯…日式的)

工作人員：かしこまりました。
(好的)

お飲み物は何がよろしいでしょうか。
(您飲料想要喝些什麼呢)

自己：何<ruby>何<rt>なに</rt></ruby>がありますか。
(有什麼)

工作人員：コーラとオレンジジュース、
(有可樂和柳橙汁)

アップルジュースがございます。
(蘋果汁)

アルコール<ruby>類<rt>るい</rt></ruby>にビール、<ruby>白<rt>しろ</rt></ruby>ワインと
(酒類則有啤酒、白酒)

<ruby>赤<rt>あか</rt></ruby>ワインがございます。
(和紅酒)

自己：じゃ、オレンジジュース。
(那就蘋果汁)

工作人員：かしこまりました。ごゆっくり<ruby>召<rt>め</rt></ruby>し<ruby>上<rt>あ</rt></ruby>がってください。
(好的，請慢用)

借過

自己：すみません、ちょっと<ruby>通<rt>とお</rt></ruby>してください。
(不好意思，請讓我過一下)

暈機

工作人員：どうなさいましたか。
(怎麼了嗎)

自己：飛行機酔いしちゃったみたいで、気分が悪いです。
(我好像暈機了，不太舒服)

工作人員：お薬でも持って参りましょうか。
(需要為您拿藥過來嗎)

自己：はい、お願いします。
(好，麻煩你了)

あと、万が一に備えて、エチケット袋をください。
(然後，為了以防萬一，請給我嘔吐袋)

工作人員：かしこまりました。
(好的)

肘掛のボタンを押すとリクライニングできますので、
(按下扶手上的按鈕，就能放下椅背)

シートを倒してゆったり座った方が
(坐舒服一點)

少し楽になると思います。
(我想應該會好一些)

自己：そうします。
(我會那樣做的)

找廁所

自己：すみません、トイレはどこですか。
(不好意思，請問洗手間在哪)

工作人員： 客席のすぐ後ろにございます。
(就在客艙的後頭)

ご案内いたしましょうか。
(需要我帶您去嗎)

自己： 大丈夫です。自分で行きます。
(沒關係，我自己去)

廁所有人

自己：すみません、後ろのトイレには人が入ってるので、
(不好意思，後面的洗手間有人在使用)

ほかのはありますか。
(還有其他的嗎)

工作人員：少し遠くになりますが、前の方もございます。
(雖然會稍微遠一點，但前面也有)

自己：じゃ、案内してもらえますか。
(那，可以請你帶我過去嗎)

工作人員：もちろんでございます。こちらへどうぞ。
(當然，這邊請)

機內廣播

        とうじょう   みなさま
廣播：ご搭 乗 の皆様、
(各位旅客)

  ほんじつ   に ほんこうくうはっぴゃくさんびんたいぺいはつとうきょうなり た ゆ
本日は日本 航 空 ８０３ 便台北発東 京 成田行きを
(非常感謝各位搭乘日航空 803 號)

  りょう   まこと
ご利用くださいまして、 誠 にありがとうございます。
(自台北飛往東京成田機場的班機)

  ほんじつ   たいぺい   なり た   ひ こうじ かん   さん じ かんじゅっぷん
廣播：本日の台北より成田までの飛行時間は３時間１０分を
(今天從台北飛往成田機場的飛行時間)

 よ てい
予定しております。
(預計為 3 小時 10 分)

  とうき   ま な   り りく
廣播：当機は間も無く離陸いたします。
(本班機即將起飛)

  とうき   とうきょうなり たこくさいくうこう   とうちゃく
廣播：当機はただいま東 京 成田国際空港に到 着 いたしました。
(本班機現在抵達了東京成田機場)

發入境卡

工作人員：只今より 入 国カードの配布を 行 わせていただきます。
(現在開始發入境卡)

必要なお 客 様はお気軽にお声がけください。
(需要的旅客請隨意出聲索取)

自己：一 枚 ください。
(請給我 1 張)

工作人員：どうぞ。
(請)

自己：すみません、 中 国語版のはないのですか。
(不好意思，請問沒有中文版的嗎)

工作人員：申し訳 ございません。
(非常抱歉)

もう英語版しか残っておりません。
(只剩下英文版的了)

自己：そうですか。じゃ、仕方ありません。
(這樣啊，那好吧)

入境卡

外国人入国記録用紙（英語・中国語（繁体字）併記）【表面】

外国人入国記録 DISEMBARKATION CARD FOR FOREIGNER 外國人入境記錄

英語又は日本語で記載して下さい。Enter information in either English or Japanese. 請用英文或日文填寫。

【 ARRIVAL 】

氏　名 Name 姓名	Family Name 姓(英文)		Given Names 名(英文)	
生年月日 Date of Birth 出生日期	Day 日 日期　Month 月 月份　Year 年 年度	現 住 所 Home Address 現住址	国名 Country name 國家名	都市名 City name 城市名

渡 航 目 的 Purpose of visit 入境目的	☐ 観光 Tourism 旅遊　☐ 商用 Business 商務　☐ 親族訪問 Visiting relatives 探親 ☐ その他 Others 其他目的　(　　　　　　　)	航空機便名・船名 Last flight No./Vessel 抵達航班號	
		日本滞在予定期間 Intended length of stay in Japan 預定停留期間	

日本の連絡先 Intended address in Japan 在日本的聯絡處		TEL 電話號碼	

裏面の質問事項について、該当するものに ☑ を記入して下さい。 Check the boxes for the applicable answers to the questions on the back side.
對反面的提問事項，若有符合的請打勾。

1. 日本での退去強制歴・上陸拒否歴の有無 Any history of receiving a deportation order or refusal of entry into Japan 在日本有無被強制遣返和拒絕入境的經歷	☐ はい Yes 有　☐ いいえ No 無
2. 有罪判決の有無（日本での判決に限らない） Any history of being convicted of a crime (not only in Japan) 有無被判決有罪記錄（不僅限於在日本的判決）	☐ はい Yes 有　☐ いいえ No 無
3. 規制薬物・銃砲・クロスボウ・刀剣類・火薬類の所持 Possession of controlled substances, firearms, crossbow, swords, or explosives 持有違禁藥物、槍砲、弩、刀劍類、火藥類	☐ はい Yes 有　☐ いいえ No 無

以上の記載内容は事実と相違ありません。 I hereby declare that the statement given above is true and accurate. 以上填寫內容屬實，絕無虛假。

署名 Signature 簽名

外国人入国記録用紙（英語・中国語（繁体字）併記）【裏面】

E.D.No.出入国記錄番号　区分
AAAA　2280202　61

【質問事項】[Questions]【提問事項】

1 あなたは, 日本から退去強制されたこと,出国命令により出国したこと,又は, 日本への上陸を拒否されたことがありますか？
　Have you ever been deported from Japan, have you ever departed from Japan under a departure order, or have you ever been denied entry to Japan?
　您是否曾經有過被日本國強制性的遣送離境、被命令出國、或者被拒絕入境之事？

2 あなたは, 日本国又は日本国以外の国において, 刑事事件で有罪判決を受けたことがありますか？
　Have you ever been found guilty in a criminal case in Japan or in another country?
　您以前在日本或其他國家是否有過觸犯刑法並被判處有罪的經歷？

3 あなたは, 現在, 麻薬, 大麻, あへん若しくは覚醒剤等の規制薬物又は銃砲, クロスボウ, 刀剣類若しくは火薬類を所持していますか？
　Do you presently have in your possession narcotics, marijuana, opium, stimulants, or other controlled substances, firearms, crossbow, swords, explosives or other such items?
　您現在是否攜有麻藥、大麻、鴉片及興奮劑等限制藥物或槍枝、弩、刀劍及火藥類？

官用欄
Official Use Only

サンプル

KA6AAAA228020261

申報單

（A面）

日本國稅廳
海關樣式C第5360-1B號

攜帶品・後送物品申報單

請填寫下列與背面表格，並提交海關人員。
家族同時過關時，只需要由代表者填寫一份申報單。

搭乘名稱（船）名		出 發 地	
入國日	年	月	日

姓 名	英 文 名
現在日本住宿地點	
電 話	（ ）
國 籍	職 業
出生年月日	年 月 日
護照號碼	
同行家人	20歲以上　　人　6歲以上20歲未滿　　人　6歲未滿　　人

※ 回答以下問題，請在□內打"✓"記號。

1.您有攜帶以下物品嗎?(包含手提或寄放行李及後送物品)　　　　是　否
① 毒品、槍砲、爆裂物等禁止攜入日本的物品（參照B面的第1）　　□　□
② 肉類製品、蔬菜、水果、動植物等限制攜入日本的物品（參照B面的第2）　□　□
③ 金條或者金製品　　□　□
④ 超過免稅範圍（參照B面的第3）的購買品、名產或禮品等　　□　□
⑤ 商業貨物、商品樣本　　□　□
⑥ 他人託購物品（包括行李箱等搬運工具以及沒被告知理由的交付物）　□　□

＊在上述問題中選擇「是」者，請在B面填寫您入國時攜帶的物品。

2.您現在是否有攜帶超過相當100萬日幣價值的現金、有價證券或超過1公斤的貴金屬等？　是　否　□　□

＊選擇「是」者，請另外提交「支付方式等攜帶進口申報單」。

3.後送物品　您是否有入國時未隨身攜帶，但以郵寄等方式，另外送達日本的行李(包括搬家用品)？
□ 是 （　　　　　個　）□ 否

＊選擇「是」者，請把入國時攜帶入境的物品記載於B面，並向海關提出此**申報單2份**，由海關確認。（限入國後六個月內之輸入物品）
確關後的申報單在後送物品過關時需要。

《注意事項》
例如在國外或進出日本時，於免稅店購買的物品或受人委帶的物品等要攜帶進入日本，及後送物品依據法令規定皆須向海關申報，有必要時須接受檢查。另外，有未申報或虛偽申報等非法行為時，可能會受處罰敬請多加留意。

茲聲明以上申告均屬正確無誤。

旅客簽名

（B面）

※關於您入國時攜帶入境之物品，請填寫下表。
（A面的1項及3項全部回答"否"者，不必填寫。）

（註）「其他物品名」欄者，以入境旅客本人以及起隨行家屬自用之購入品等為限，若國外市價每個低於1萬日圓者，則不須填寫。
另外，後送物品不需填寫。

酒　　　類		瓶	＊海關填寫欄
煙 草	香煙	支	
	加熱式	盒	
	雪茄	支	
	其他	克	
香　　　水		盎司	

其他物品名	數 量	價 格

＊海關填寫欄　　　　　　　　　　　　　　　　日圓

1.禁止攜入日本主要的物品
① 毒品、影響精神藥物、大麻、鴉片、安非他命、MDMA、指定的藥物等
② 手槍等槍砲、其子彈或手槍零件
③ 炸藥等爆裂物或火藥類、化學武器原料、炭疽菌等病原體等
④ 貨幣、紙幣、有價證券、信用卡等物品的偽造品
⑤ 猥褻雜誌、猥褻DVD、兒童色情刊物等
⑥ 仿冒品、盜版等侵害智慧財產的物品

2.限制攜入日本主要的物品
① 獵槍、空氣槍及日本刀等刀劍類
② 華盛頓條約中限制進口的動植物及其產品（鱷魚、蛇、陸龜、象牙、麝香、仙人掌等）
③ 事先需檢疫確認的動植物、肉類製品(包含香腸、肉乾類)、蔬菜、水果、米等
＊須事先在動、植物檢疫櫃檯確認。

3.免稅範圍（每人、不包括隨機（船）服務人員）
・酒類：3瓶（按：760ml折合）
・香煙：200支（不分日本或外國製）
＊未滿20歲者，酒類和煙草不在其免稅範圍。
・國外市價合計金額在20萬日圓以內的物品。
（以入國者的個人使用物品為限）
＊國外市價指的是外國通常零售價（購買價格）。
＊單件超過20萬日圓時，將全額課稅。
＊未滿6歲的孩童，除了本人使用的玩具等物品以外不可免稅。

感謝您配合填寫本攜帶品・後送物品申報單。所有進入日本(或回國)之旅客，依據法令，必需向海關提出本申告書。感謝您繼續配合海關檢查業務。

 **轉機**

のりつぎ	乗り継ぎ （の　つ）	轉乘
こくないせん	国内線 （こくないせん）	國內航線
こくさいせん	国際線 （こくさいせん）	國際航線
にゅうこく	入国 （にゅうこく）	入境
しゅっこく	出国 （しゅっこく）	出境
のりつぎびん	乗継便 （のりつぎびん）	轉機航班(換機)
けいゆびん	経由便 （けいゆびん）	轉機航班(原機)
ちょっこうびん	直行便 （ちょっこうびん）	直飛航班
ターミナル		航廈
やじるし	矢印 （やじるし）	箭頭

詢問轉機地點

自己：すみません、国内線への乗り継ぎはどの方向ですか。
(不好意思，請問轉乘國內航線是要往哪個方向)

工作人員：こちらからでございます。
(是往這邊)

入国の矢印に従ってお進みください。
(請跟著入境的箭頭指示前進)

自己：入国？ 乗り継ぎじゃなくて？
(入境？不是轉機嗎)

工作人員：はい。国内線への乗り継ぎは
(是的，因為是在辦理完入境手續之後)

入国手続きを行ってからですので。
(才轉乘國內航線)

自己：そうですか。
(這樣啊)

分かりました、ありがとうございます。
(我知道了，謝謝)

✈ 入境審査

つぎのかた	次の方	下一位
しゃしん	写真	照片
かおじゃしん	顔写真	臉部照片
カメラ		相機、鏡頭
しもんさいしゅ	指紋採取	採集指紋
りょうて	両手	雙手
おやゆび	親指	大拇指
ひとさしゆび	人差し指	食指
なかゆび	中指	中指
くすりゆび	薬指	無名指
こゆび	小指	小指

入境

工作人員：次_{つぎ}の方_{かた}、どうぞ。
(下一位，這邊請)

パスポートと入国_{にゅうこく}カードをお願_{ねが}いします。
(請給我您的護照與入境卡)

自己：どうぞ。
(請)

工作人員：写真_{しゃしん}を撮_とらせていただきますね。
(要幫您拍張照喔)

こちらをご覧_{らん}になってください。
(請看這邊)

自己：はい。
(好)

工作人員：次_{つぎ}は、両手_{りょうて}の人差_{ひとさ}し指_{ゆび}でこことここをお押_おしください。
(接下來，請用兩手食指按住這裡和這裡)

自己：こうですか。
(這樣嗎)

工作人員：はい。OK です。
(對，好 OK 了)

日本_{にほん}へようこそ。どうぞお進_{すす}みください。
(歡迎到日本，您可以前進了)

詢問入境目的 ————————

工作人員：旅<ruby>た<rt></rt></ruby>の目<ruby>もくてき<rt></rt></ruby>的は何<ruby>なん<rt></rt></ruby>ですか。
(您這趟旅行的目的是什麼呢)

自己：観<ruby>かんこう<rt></rt></ruby>光です。
(觀光)

詢問停留時間 ————————

工作人員：どれくらい滞<ruby>たいざい<rt></rt></ruby>在する予<ruby>よてい<rt></rt></ruby>定ですか
(您預計會停留多久)

自己：五日間<ruby>いつかかんたいざい<rt></rt></ruby>滞在します。
(會停留 5 天)

詢問住宿地點 ————————

工作人員：滞<ruby>たいざいさき<rt></rt></ruby>在先はどこですか。
(您會住在哪裡)

自己：富<ruby>ふじりょかん<rt></rt></ruby>士旅館です。

入境目的

りょこう	旅行	旅行
しごと	仕事	工作
りゅうがく	留学	留學

旅行天數

いちにち	一日	一天
ふつかかん	二日間	兩天
みっかかん	三日間	三天
よっかかん	四日間	四天
いっしゅうかん	一週間	一個禮拜
いっかげつ	一か月	一個月

住宿地點

ホテル		飯店
ともだちのいえ	友達の家	朋友家

提領行李

てにもつうけとりじょ	手荷物受取所	行李提領處
ターンテーブル		行李轉盤
クレームタグ		行李存根
びんめい	便名	班機名稱
みため	見た目	外觀
どんなかんじ	どんな感じ	什麼樣的感覺
ハンドル		把手
めいわく	迷惑	麻煩
ふんしつ	紛失	遺失
きにゅう	記入	填寫
きょうりょく	協力	協助

行李箱相關

ハード	硬殼
ソフト	軟殼
スーツケース	行李箱
トランク	大行李箱
キャリーバッグ／キャリーケース	滾輪行李箱
ボストンバッグ	波士頓包
ケースベルト （スーツケースベルト)	行李箱束帶
バゲージタグ／ラゲッジタグ	行李吊牌
ネームタグ	姓名吊牌
ポケット付き	附口袋

行李不見

自己：すみません、私の荷物が出てこないのですが…。
(不好意思，我的行李沒有出來)

工作人員：ご搭乗になられた飛行機の便名をお願いします。
(請給我您所搭乘的班機號碼)

自己：TW２３です。
(TW23)

工作人員：見た目はどんな感じでございますか。
(行李的外觀是什麼感覺)

自己：オレンジ色のハードスーツケースで、
(是橘色的硬殼行李箱)

ハンドルの所にバゲージタグが付けてあります。
(把手的地方有掛行李吊牌)

工作人員：ご迷惑をおかけしまして、申し訳ございません。
(造成您的不便，我們深感歉意)

現在調査中でございますので、
(現在正在為您調查)

少々お待ちください。
(還請您稍後)

お待ちの 間 、
(在等候的期間)

こちらの手荷物紛失 証 明 書の記 入 に
(請協助填寫)

ご 協 力 ください。
(這邊的行李意外報告表)

自己：分かりました。
(我知道了)

行李問題

無論是行李遺失、行李受損或者其他相關問題。

都一定要當場反映，並且填妥相關文件。

而如果想減低損失，也可投保相關保險，像是旅遊不便險等與行李問題有關的保險。

✈ 過海關

ぜいかん	税関 (ぜいかん)	海關
けんさだい	検査台 (けんさだい)	檢查台
たんちけん	探知犬 (たんちけん)	搜查犬
あけます	開けます (あ)	打開
みせます	見せます (み)	讓…看
にくせいひん	肉製品 (にくせいひん)	肉類製品
ちくさんぶつ	畜産物 (ちくさんぶつ)	畜牧產品
なまもの	生もの (なま)	生鮮食品
しなもの	品物 (しなもの)	商品、物品
ぼっしゅう	没収 (ぼっしゅう)	沒收

有違禁品

工作人員：パスポートと申告書をお願いします。
(請給我您的護照和申報單)

自己：どうぞ。
(請)

工作人員：お荷物を開けて、中を見せていただけますか。
(能請您打開行李，讓我看看裡面的東西嗎)

自己：はい、今開けます。
(好的，我現在打開)

工作人員：申し訳ございません。
(非常抱歉)

海外から日本国内への肉製品の持ち込みは
(從海外攜帶肉類製品進入日本國內)

禁止されておりますので、
(是被禁止的)

こちらの品物は没収させていただきます。
(所以這邊的東西我們要沒收)

自己：そうですか。分かりました。
(這樣啊。我知道了)

✈ 外幣兌換

單字

がいか	外貨	外幣
つうか	通貨	通用貨幣
しへい	紙幣	紙鈔
こうか	硬貨	硬幣
こぜに	小銭	零錢
りょうがえ	両替	換錢
こうかんレート	交換レート	匯率
てすうりょう	手数料	手續費
げんきん	現金	現金
こぎって	小切手	支票
さつ	札	紙鈔鈔票
だま	玉	零錢硬幣

各國貨幣

たいわん たいわんげん 台湾ドル／台湾元	台幣
えん にほんえん 円／日本円	日幣
べい ドル／米ドル／アメリカドル	美金
ユーロ	歐元
えい 英ポンド／イギリスポンド	英鎊
スイスフラン	瑞士法郎
スウェーデンクローナ	瑞典克朗
ほんこん 香港ドル	港幣
ちゅうごくげん じんみんげん 中国元／人民元	人民幣
かんこく 韓国ウォン	韓元
タイバーツ	泰銖
シンガポールドル	新加坡元
フィリピンペソ	菲律賓披索
ベトナムドン	越南盾

換日幣 ———————————————————————

自己：台湾元を日本円に両替したいのですが、
（我想將台幣換成日幣）

今日の交換レートはいくらですか。
（請問今天的匯率是多少）

工作人員：1元、3・14円となります。
（1 台幣兌 3.14 日幣）

自己：手数料は掛かりますか。
（要收手續費嗎）

工作人員：手数料は既にレートの中に含まれております。
（手續費已經包含在匯率裡了）

自己：分かりました。じゃ、5万円を替えたいです。
（我知道了，那，我想換 5 萬日幣）

工作人員：かしこまりました。
（好的）

寄送行李

でんぴょう	伝票 (でんぴょう)	單據
おくりじょう	送り状 (おく じょう)	託運單
そうりょう	送料 (そうりょう)	運費
かきかた	書き方 (か かた)	寫法
はいそう	配送 (はいそう)	寄送
はっそう	発送 (はっそう)	寄出
はいたつ	配達 (はいたつ)	送達
たくはい	宅配 (たくはい)	送貨到家
おとどけさき	お届け先 (とど さき)	收件人
ごいらいぬし	ご依頼主 (いらいぬし)	寄件人

寄行李到飯店 ────────────────

自己：すみません、ホテルに荷物を送りたいんですが…。
(不好意思，我想要寄送行李到飯店…)

工作人員：お荷物はいくつですか。
(請問有幾件行李呢)

自己：一つ、これだけです。
(一件，就這個)

工作人員：かしこまりました。
(好的)

こちらの伝票にご記入ください。
(請您填寫這張託運單)

自己：これで大丈夫ですか。
(我寫這樣可以嗎)

工作人員：はい。
(是的)

自己：送料はいくらですか。
(費用是多少)

工作人員：１９５０円になります。
(總共是 1950 元)

託運單不會寫

自己：えっと、伝票（でんぴょう）の書（か）き方（かた）がわかりません。
(那個…我不知道託運單的內容要怎麼寫)

工作人員：では、こちらが代（か）わりに書（か）かせていただきますね。
(那就由我這邊代客人您填寫吧)

自己：はい、お願（ねが）いします。
(嗯，麻煩你了)

日本 YAMATO 運輸的託運單

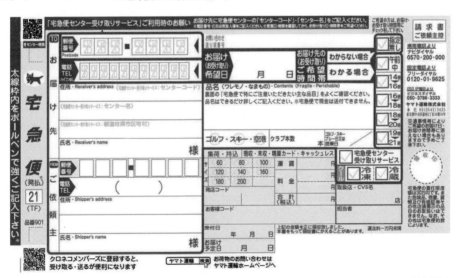

電車、新幹線

でんしゃ	でんしゃ 電車	電車
しんかんせん	しんかんせん 新幹線	新幹線
ちかてつ	ち か てつ 地下鉄	地鐵
モノレール		單軌電車
えき	えき 駅	車站
かいさつ	かいさつ 改札	剪票口
ホーム		月台
けんばいき	けんばい き 券売機	售票機
まどぐち	まどぐち 窓口	窗口
きっぷ	きっ ぷ 切符	車票
かたみち	かたみち 片道	單程
おうふく	おうふく 往復	來回

じゆうせき	自由席 じゆうせき	自由座
していせき	指定席 していせき	對號座
たちせき	立ち席 たせき	站票
ゆうせんせき	優先席 ゆうせんせき	博愛座
うちまわり	内回り うちまわ	内環線(逆時針)
そとまわり	外回り そとまわ	外環線(順時針)
のぼり	上り のぼ	上行(往東京)
くだり	下り くだ	下行(離開東京)
のりかえ	乗り換え の か	換車
のりこしせいさん	乗り越し精算 の こ せいさん	補票
チャージ		儲值
ざんがく	残額 ざんがく	餘額

列車類別

しはつ **始発**	首班車
しゅうでん **終電**	末班車
かいそう **回送**	返程電車(不載客)
ふつう　かくえきていしゃ **普通／各駅停車**	普通／每站皆停
じゅんきゅう **準急**	準急行
つうきんかいそく　く かんかいそく **通勤快速／区間快速**	通勤快速／區間快速
かいそく **快速**	快速
とっかい **特快**	特別快速
つうきんきゅうこう　く かんきゅうこう **通勤急行／区間急行**	通勤急行／區間急行
きゅうこう **急行**	急行
かいきゅう **快急**	快速急行
とっきゅう **特急**	特別急行
かいとく **快特**	快速特別急行

詢問售票處

自己：すみません、切符（きっぷ）はどこで買（か）えますか。
(不好意思，請問車票要去哪裡買)

工作人員：向（む）こうの窓口（まどぐち）で買（か）えます。
(在對面那邊的窗口可以買到)

售票機購票

自己：券売機（けんばいき）の使（つか）い方（かた）を教（おし）えてください。
(請告訴我售票機的使用方法)

工作人員：路線図（ろせんず）で行（い）きたい駅（えき）を探（さが）して、
(在路線圖上尋找想去的車站)

そこに表示（ひょうじ）されている料金分（りょうきんぶん）の金額（きんがく）を入（い）れます。
(放入上面顯示的費用)

買（か）う人（ひと）の人数（にんずう）と大人（おとな）か子供（こども）かを選（えら）び、
(選擇購買人數與大人或小孩)

金額（きんがく）ボタンを押（お）せば買（か）えます。
(按下金額鍵就可以買了)

櫃台購票

自己：仙台行きの切符を 1 枚買いたい。
せんだいゆ　　　きっぷ　いちまい か

(我想要買一張到仙台的車票)

工作人員：当日券でよろしいですか。
とうじつけん

(是要買今天的票嗎)

自己：いいえ、明日 出 発する切符をお願いします。
あしたしゅっぱつ　　　きっぷ　　ねが

(不是，麻煩給我明天出發的車票)

工作人員：時間の指定はありますか。
じかん　　してい

(請問有指定時間嗎)

自己：午後 4 時半に到 着 する列 車をお願いします。
ごごよじはん　とうちゃく　　れっしゃ　ねが

(麻煩幫我訂下午 4 點半到達的列車)

工作人員：片道になさいますか。往 復になさいますか。
かたみち　　　　　　　　おうふく

(請問是單程票，還是來回票呢)

自己：片道で。
かたみち

(單程票)

工作人員：自由 席と指定 席、どちらになさいますか。
じゆうせき　していせき

(請問是要自由座還是對號座)

自己：指定 席をお願いします。
していせき　ねが

(麻煩給我對號座)

工作人員：何か他のご希望はございますか。
(還有什麼其他的要求嗎)

自己：トイレに近い車両がいいです。
(希望可以是離廁所比較近的車廂)

工作人員：かしこまりました。空席状況を確認いたしますね。
(好的，那我確認一下空位狀況)

自己：はい。
(嗯)

工作人員：１４時１２分発のやまびこの切符をお取りしますね。
(那我就替客人您訂14點12分出發的山彥號車票)

自己：はい。
(好的)

詢問是否需要轉乘

自己：乗り換えは必要ですか。
(請問需要換車嗎)

工作人員：東京駅でお乗り換えください。
(請在東京車站換車)

詢問搭車月台

自己：この列車はどこのホームから乗ればいいですか。
(請問這班列車，要在哪個月台搭)

工作人員：9番ホームです。
(9 號月台)

自己：分かりました。ありがとうございます。
(我知道了，謝謝)

工作人員：どういたしまして。お気をつけて。
(不客氣，請小心)

找座位(自由座)

自己：すみません、この席は空いていますか。
(不好意思，請問這個位子是空的嗎)

其他乘客：はい、空いていますよ。どうぞ。
(對，是空的，請坐)

找座位(對號座)

自己：すみません、そこは私の席なのですが…。
(不好意思，那裡是我的位子…)

其他乘客：あっ、すみません、間違えました。
(啊，不好意思，我搞錯了)

放倒椅背

自己：すみません、座席を倒してもいいですか。
(不好意思，請問我可以把座椅往後倒嗎)

其他乘客：いいですよ。どうぞ。
(可以，請)

驗票

工作人員：切符（きっぷ）を拝見（はいけん）します。
(請讓我看一下您的車票)

自己：はい、どうぞ。
(好的，請)

在列車上買東西

工作人員：お弁当（べんとう）、サンドイッチ、お飲（の）み物（もの）はいかがですか。
(請問需要便當、三明治、飲料嗎)

自己：すみません、お弁当（べんとう）とお茶（ちゃ）をください。
(不好意思，請給我便當和茶)

工作人員：かしこまりました。はい、合計（ごうけい）で９００円（きゅうひゃくえん）になります。
(好的。這樣總共是 900 元)

自己：はい。
(好)

工作人員：こちらがお品物（しなもの）と１００円（ひゃくえん）のお返（かえ）しになります。
(這邊是您要的東西和找的 100 元)

お買（か）い上（あ）げありがとうございました。
(感謝您的購買)

詢問廁所位置

自己：すみません、トイレはどこですか。
(不好意思，請問廁所在哪裡)

工作人員：<ruby>三<rt>さんごうしゃ</rt></ruby>号車の<ruby>後<rt>うし</rt></ruby>ろにあります。
(在 3 號車的後面)

自己：<ruby>分<rt>わ</rt></ruby>かりました。ありがとうございます。
(我知道了，謝謝)

詢問出站口

自己：すみません、ここに<ruby>行<rt>い</rt></ruby>きたいのですが、
(不好意思，我想要去這裡)

どの<ruby>出口<rt>でぐち</rt></ruby>から<ruby>出<rt>で</rt></ruby>ればいいですか。
(請問要從哪一個出口出去比較好)

工作人員：<ruby>西口改札<rt>にしぐちかいさつ</rt></ruby>から<ruby>出<rt>で</rt></ruby>てください。
(請由西口剪票口出去)

自己：<ruby>分<rt>わ</rt></ruby>かりました。ありがとうございます。
(我知道了，謝謝)

月台廣播 ────────────────────

廣播：間も無く、１番線に品川、渋谷方面行きが参ります。
(1 號月台，往品川、澀谷方向的電車即將進站)

危ないですから、黄色い線までお下がりください。
(為免危險，請各位旅客退到黃線後方)

廣播：２番線、ドアが閉まります。ご注意ください。
(2 號月台，車門即將關閉，請小心)

廣播：駆け込み乗車は危険です。おやめください。
(車門即將關閉，請勿強行上車)

廣播：線路に人立ち入りの影響で、
(由於有人跑到鐵軌上的關係)

内回り電車で運転を見合わせています。
(內環線電車已停止運行)

電車廣播 ────────────────────

廣播：この電車は、山手線外回り、
(本班電車為山手線外環線電車)

新宿・池袋方面行きです。
(開往新宿、池袋方向)

廣播：この電車には、優先席があります。
(本班電車設有博愛座)

お年寄りや、身体の不自由なお客様、
(如有遇上年長者、身體行動不便的乘客)

妊娠中や乳幼児をお連れのお客様が
(孕婦、帶著嬰幼兒的乘客)

いらっしゃいましたら、席をお譲りください。
(請讓位給他們)

廣播：乗り換えのご案内です。
(以下是轉乘資訊)

東西線、丸ノ内線をご利用の方はお乗り換えください。
(欲搭乘東西線、丸之內線的旅客，請在本站換車)

廣播：電車とホームの間が広く空いているところが
(電車與月台間的間隙較大)

ありますので、足元にご注意ください。
(各位乘客下車時請注意腳邊)

廣播：出口は右側です。
(右側開門)

✈ 公車

バスのりば	バス乗り場	公車乘車處
バスてい	バス停	公車站
バスターミナル		公車轉運站
きてん	起点	起點站
しゅうてん	終点	終點站
ろせんバス	路線バス	市區公車
リムジンバス		利木津巴士
シャトルバス		接駁巴士
かんこうバス	観光バス	觀光巴士
こうそくばす	高速バス	跨縣市移動的客運
せいりけん	整理券	號碼牌
うんちん	運賃	車資

詢問公車站位置

自己：すみません、バス乗り場はどこですか。
(不好意思，請問搭公車的地方在那裡)

工作人員：改札を出て東口にあります。
(出了剪票口，就在電車站東口那裡)

確認等車地點

自己：あのう、すみません、東京ドームに行きたいのですが、
(那個…不好意思，我想去東京巨蛋)

どのバスに乗ればいいですか。
(請問該坐哪一班公車)

其他乘客：ここじゃなくて、向こうの3番乗り場ですよ。
(不是這裡喔，是在對面的3號乘車處)

自己：分かりました。ありがとうございます。
(我知道了，謝謝)

上車時確認該公車路線

自己：すみません、このバスは新宿行きですか。
（不好意思，這班公車有到新宿嗎）

公車司機：はい、新宿西口行きです。
（是的，是開往新宿西口）

自己：新宿西口が終点ですか。
（新宿西口就是終點站嗎）

公車司機：はい、そうです。
（是的，沒錯）

詢問車資

自己：このバスの運賃はいくらですか。
（這班公車的車資是多少錢）

公車司機：このバスは２３区内、
（這班公車在東京 23 區之內）

どこまで乗っても２１０円ですよ。
（不管搭到哪裡都是 210 元喔）

請司機到站提醒

自己：すみません、あの…。
(不好意思，那個…)

公車司機：はい、どうしましたか。
(是的，怎麼了嗎)

自己：東京<ruby>東京<rt>とうきょう</rt></ruby>スカイツリーに着<ruby>着<rt>つ</rt></ruby>いたら教<ruby>教<rt>おし</rt></ruby>えてもらえますか。
(到了東京晴空塔的時候可以告訴我一聲嗎)

公車司機：はい、分<ruby>分<rt>わ</rt></ruby>かりました。
(好的，我知道了)

借過下車

自己：すみません、降<ruby>降<rt>お</rt></ruby>ります。通<ruby>通<rt>とお</rt></ruby>してください。
(不好意思，我要下車。請借過)

公車車資付款

如果是均一價的公車，一般來説上車時會先付費。

而如果是依照距離計價，則上公車時須先抽號碼牌，下車時，再依照公車上看板所顯示的號碼、價格付費。

看自己的號碼牌是幾號，支付該號碼所對應的價錢即可。

至於持票券者，上下車時將票券給司機看就行。

✈ 計程車

<table>
<tr><td></td><td></td><td>單字</td><td></td></tr>
</table>

タクシー		計程車
くうしゃ	空車 （くうしゃ）	空車
ちんそう	賃走 （ちんそう）	載客中
げいしゃ	迎車 （げいしゃ）	已被預約
はつのりりょうきん	初乗り料金 （はつのりりょうきん）	起跳價
わりましりょうきん	割増料金 （わりましりょうきん）	加成收費
メーター		計費表
のります	乗ります （のります）	上車
おります	降ります （おります）	下車
つきます	着きます （つきます）	抵達
うんてんせき	運転席 （うんてんせき）	駕駛座
じょしゅせき	助手席 （じょしゅせき）	副駕駛座
こうぶざせき	後部座席 （こうぶざせき）	後座

詢問計程車招呼站

自己：すみません、タクシー乗り場はどこですか。
(不好意思，請問計程車招呼站在哪裡)

工作人員：駅を出て、左側にありますよ。
(走出車站後，就在左邊喔)

自己：そうですか。ありがとうございます。
(這樣啊，謝謝)

詢問哪裡可以攔計程車

自己：すみません、どこでタクシーを拾えますか。
(不好意思，請問哪裡攔得到計程車)

請人幫你叫計程車

自己：すみません、タクシーを呼んでもらえますか。
(不好意思，可以幫我叫計程車嗎)

自己打電話叫車

自己：もしもし。配車<ruby>はいしゃ</ruby>をお願い<ruby>ねが</ruby>したいのですが…。
(喂，我想請你派車…)

工作人員：ありがとうございます。
(感謝您)

お名前<ruby>なまえ</ruby>を伺<ruby>うかが</ruby>ってもよろしいでしょうか。
(請問您的名字是)

自己：陳<ruby>ちん</ruby>と言<ruby>い</ruby>います。
(我姓陳)

工作人員：どちらに配車<ruby>はいしゃ</ruby>いたしましょうか。
(請問要派去哪裡呢)

自己：浅草<ruby>あさくさ</ruby>の雷門前<ruby>かみなりもんまえ</ruby>まで来<ruby>き</ruby>てください。
(請到淺草的雷門前)

工作人員：かしこまりました。１０分<ruby>じゅっぷん</ruby>ほどで伺<ruby>うかが</ruby>います。
(好的，大約 10 分鐘)

自己：よろしくお願い<ruby>ねが</ruby>します。
(麻煩你了)

上車

司機：こんにちは。どちらまで？
(您好，請問要到哪裡)

自己：東京駅までお願いします。
(麻煩請到東京車站)

司機：はい。
(好的)

自己：2時の新幹線に乗るんですが、時間的に大丈夫ですか。
(我要搭2點的新幹線，時間上來得及嗎)

司機：うーん、渋滞に巻き込まれなければ
(嗯…如果沒塞車的話)

多分ギリギリで着きますね。
(大概勉強趕得上吧)

自己：そうですか。じゃ、できる範囲で急いでもらえますか。
(這樣啊。那能請你在可能的範圍內盡量趕嗎)

司機：分かりました。
(我知道了)

自己：ありがとうございます。
(謝謝)

繫安全帶

司機：あ、お客 さん。後部座席でもシートベルトが
(啊，這位客人，因為依規定)

義務付けられていますので、着用お願いします。
(後座乘客也必須繫安全帶，所以請您繫上)

自己：あ、そうなんですか。分かりました。
(啊，是這樣啊！我知道了)

司機：すみませんね。
(不好意思啊)

冷氣太冷

自己：あのう、冷房がきついのですが…。
(那個…冷氣太冷了…)

司機：あ、すみません、切りましょうか。
(啊，不好意思，要關掉嗎)

自己：はい、お願いします。
(好，麻煩你了)

到達目的地

司機：お客さん、着きましたよ。
きゃく　　　　　つ
(客人，到了)

自己：いくらですか。
(請問多少錢)

司機：３６００円になります。
さんぜんろっぴゃくえん
(3600 元)

自己：はい、どうぞ。
(好的，請收下)

司機：ありがとうございます。こちらがお釣りになります。
つ
(謝謝您，這是找您的錢)

其他句子

自己：トランクを開けてください。
あ
(請開一下後車廂)

自己：ここで降ります。
お
(我要在這裡下車)

 **租車**

くるま	車	汽車
レンタカー		租車
のりすて	乗り捨て	下車後將車留在現場
オートマしゃ	オートマ車	自排車
マニュアルしゃ	マニュアル車	手排車
ガソリンスタンド		加油站
セルフ		自助加油
スタッフ		工作人員
オーライ		指揮車輛向前的喊聲
ハイオク		高級汽油(98)
レギュラー		一般汽油(92 / 95)
けいゆ	軽油	柴油
まんタン	満タン	加滿
リットル		公升

汽車零件設備

エンジン	引擎
タイヤ	輪胎
バッテリー	電瓶
ハンドル	方向盤
バックミラー	後視鏡
ワイパー	雨刷
フロントガラス	擋風玻璃
ヘッドライト	頭燈
アクセル	油門
ブレーキ	刹車
クラッチ	離合器
ギア	排檔
トランスミッション	變速箱
カーナビ	汽車導航
トランク	後車廂

有預約

自己：台湾で予約をしてあります。予約番号は１２３４です。
(我在台灣有先預約好了。預約號碼是 1234)

工作人員：少々お待ちください。えっと…陳さんですね。
(請稍等一下。嗯…是陳先生對嗎)

自己：はい。
(對)

工作人員：ご予約の内容を確認させていただきます。
(我先和您核對預約的內容)

5人乗りの小型車を1台、
(您是要一台五人座的小客車)

本日から5日間、お借りになるのですね。
(從今天開始租借五天對嗎)

自己：はい、間違いないです。
(對，沒錯)

あっ、でも、返却先は名古屋に変えたいです。
(啊！但是我想把還車地點改成名古屋)

今からでも可能でしょうか。
(現在還能改嗎)

工作人員：今からでも変更できますが、乗り捨ての場合は
(現在還可以改，不過甲租乙還的話)

７０００円の乗り捨て料金をいただきます。
(我們會再收取 7000 元的甲租乙還費用)

よろしいでしょうか。
(這樣可以嗎)

自己：はい、大丈夫です。
(是的，沒問題)

工作人員：かしこまりました。
(好的)

では、レンタル手続きをいたしますので、
(那麼，我來為您辦理租借手續)

パスポートと免許証をお借りします。
(請借我您的護照和駕照)

沒有預約

自己：こんにちは。 車を借りたいんですが。
(你好，我想要租車…)

工作人員：何日間レンタルしますか。
(請問要租借幾天呢)

自己：5日間です。トータルでいくらですか。
(5 天，這樣總共多少)

工作人員：こちらが料金表でございます。保険に入られますか。
(這是我們的價目表，請問有需要加購保險嗎)

自己：はい、入ります。
(嗯，我要加購)

工作人員：かしこまりました。
(好的)

そうすると、5日で三万円になります。
(這樣的話，5 天是 3 萬元)

パスポートをお持ちですか。
(請問有帶護照嗎)

自己：はい、こちらです。
(有，在這裡)

工作人員：はい。では、三万円ちょうどをいただきます。
(好的，那麼收您 3 萬元整)

こちらにサインをお願いします。
(麻煩幫我在這裡簽名一下)

ありがとうございます。少々お待ちください。
(謝謝您，請稍待片刻)

係りの者がすぐ参ります。
(我們的同仁等等馬上過來)

自己：返却はここですか。
(還車還是在這裡嗎)

工作人員：はい、そうです。返却時は満タンでお願いします。
(是的，沒錯。還車時請將油加滿)

なお、トラブルがあった場合、
(此外，如果有遇到什麼麻煩)

この番号に電話してください。
(請撥打這個電話號碼)

去加油

工作人員：いらっしゃいませ。今日はどういたしますか。
(歡迎光臨，今天我需要為您做什麼服務)

自己：ハイオク満タンでお願いします。
(98 高級汽油，麻煩加滿)

工作人員：お支払いはどうされますか。
(請問您要如何付款)

自己：現金でお願いします。
(我要付現，麻煩你了)

清垃圾

工作人員：灰皿とごみは大丈夫でしょうか。
(要不要幫您清理菸灰缸和垃圾)

自己：あ、大丈夫です。ありがとうございます。
(啊，不用了，謝謝)

借毛巾

自己：窓を拭きたいので、タオルを貸してください。
(我想要擦窗戶，請借我毛巾)

✈ 搭船

ふね	船 (ふね)	船
フェリー		渡輪
クルーズせん	クルーズ船 (せん)	郵輪
みなと	港 (みなと)	港口
はとば	波止場 (はとば)	碼頭
おとな	大人 (おとな)	大人
こども	子供 (こども)	小孩
じょうせんけん	乗船券 (じょうせんけん)	船票
もうしこみしょ	申込書 (もうしこみしょ)	申請書
じょうせんめいぼ	乗船名簿 (じょうせんめいぼ)	乘船名簿

買船票

工作人員：次_{つぎ}の方_{かた}、どうぞ。

(下一位，請往前)

自己：大人二人_{おとなふたり}で、子供一人_{こどもひとり}でお願_{ねが}います。

(我要買 2 張大人票 1 張兒童票，麻煩你了)

工作人員：申_{もう}し訳_{わけ}ございません、チケットを購入_{こうにゅう}する場合_{ばあい}は

(非常抱歉，要購買船票的話)

乗船申込書_{じょうせんもうしこみしょ}の記入_{きにゅう}が必要_{ひつよう}でございます…。

(需要填寫乘船申請書)

自己：あ、そうですか。すみません、今_{いま}すぐ書_かきます。

(啊，這樣啊。不好意思，我馬上去寫)

乗船申請書／名簿

乗船名簿　BOARDING APPLICATION　太平洋フェリー Taiheiyo Ferry Co.,Ltd.

乗船日 Outward date of dep.	年　　　月　　　日	予約番号 Reservation No.	

※予約番号を複数お持ちのお客様は全てご記入ください ※If you have several reservation Nos, write all the numbers, please.

行　先 Destination	苫小牧 Tomakomai		仙台 Sendai	名古屋 Nagoya
等　級 Cabin class	2等 Second-class	C寝台 C berth	B寝台 B berth	S寝台 S berth	エコノミーシングル Economy Single
	1等 First-class	特等 Deluxe-class	セミスイート Semi Suite	スイート Suite	ロイヤルスイート Royal Suite

代表者 氏名・住所 representative	フリガナ 氏名 Name ① 住所 Adress　　　　　　　都 道　　　市 区 〒　　-　　　　　　　府 県　　　町 村 （TEL　　-　　-　　）	年齢 age	性別 sex	緊急時の 介助等の支援 If some of your members need assistance in an emergency, please check the box below.
		歳	男 . 女 M　F	☐
同行者 氏名 companions (name)	②	歳	男 . 女 M　F	☐
	③	歳	男 . 女 M　F	☐
	④	歳	男 . 女 M　F	☐
	⑤	歳	男 . 女 M　F	☐

ご乗船になるお客様の中に妊産婦の方はいらっしゃいますか？　　はい（　　　週　）. いいえ
Is there any pregnant woman in your group?　　　　　　　　　Yes　　　Weeks　　No

※出産予定日が6週間（42日）以内のご乗船をお断りさせていただいております。また、船内には、医師や看護師は乗船しておりません。
You cannot go if the time is before 6weeks (42days) of the expected of birth. there will be no doctors or no nurses available in the ship.

（任意）医療関係従事者の方へ…医療行為の必要時にお手伝い頂けますか？　はい（職種：　　　）・ いいえ

車　両 vehicle	該当するものにチェックを入れてください Check the box below. ☐トラック truck　☐乗用車 car　☐バス bus　☐オートバイ motorcycle　☐自転車 bicycle　☐その他 others			
	車名（例：プリウス） vehicle name/model	ナンバー（例：名古屋 123 あ 1234） registered No.	車長（乗用車のみ） car length	排気量（二輪車のみ） engine size.cc
			M未満	CC
			M未満	CC

※お車をお持ちの方は車検証をご用意ください。※Please show your car certificate (registration document) to the staff at the counter.
※自動車盗難防止装置のスイッチはお切りください。※Please turn off the immobilizer.
　盗難防止用のブザーが鳴った場合お呼び出しをさせていただく場合があります。If the security buzzer go off, we call you back.
※お車の床面の低い車をお持ちのお客様は係員にご申告ください。※If you load a low-slung car into the ferry, please notify the staff.

☐ ペットハウスのご利用	ペットの種類	※ペットハウスをご予約のお客様は係員までご申告ください。 If you are bringing any pets, please notify the staff.

荒天候にご乗船の際は、下記事項をご確認いただき、チェックをお願いいたします。
台風・低気圧などの悪天候により、船が揺れるほか、
大幅な遅延または途中欠航がありうることを承知の上、本船に乗船します。　☐同意する Agree　☐同意しない Not Agree → 乗船をお控えください。Please refrain from boarding.
※Our ferry could be delayed or cancelled halfway due to the rough weather.

※航行中の車両甲板への立入りは禁止されております。
It is forbidden for anyone to enter the vehicle deck under way.
※学生証、割引証をお持ちの方はご提示ください。
If you have student identification cards or discount tickets, please show them.
※事前購入がお済みの方は、決済にご使用のクレジットカードや受領書をご提示ください。
If you paid already, please show the receipt or the credit card you used.

※領収書が必要な方のみご記入ください。
領収書宛名（クレジットカード払い、当日払いのみ）

【個人情報の取扱について】乗船名簿に記入された個人情報を、ご本人の同意を得ることなく第三者へ情報の提供は行いません。ただし、裁判所・警察等の公的機関から法令による開示を求められた場合は、ご本人の同意なく個人情報を開示することがございます。

✈ 歩行

單字

まいご	迷子	迷路
ちず	地図	地圖
めじるし	目印	標誌、記號
みちしるべ	道しるべ	路標
こうさてん	交差点	十字路口
ロータリー		圓環
かど	角	轉角
しんごう	信号	紅綠燈
おうだんほどう	横断歩道	斑馬線
ほどうきょう	歩道橋	天橋
ほどう	歩道	人行道
がいろじゅ	街路樹	行道樹

問路

自己：すみません、道を聞いてもいいですか。
(不好意思，能向你問個路嗎)

其他行人：はい。
(好)

自己：美術館に向かっていたのですが、
(我要前往美術館)

途中で迷ってしまって…。
(可是在途中迷了路…)

ここはこの地図上のどこか教えてもらえませんか。
(你能跟我講一下這裡是在這張地圖上的哪裡嗎)

其他行人：ああ、今ここら辺にいますよ。
(喔，我們現在是在這一帶)

あのコンビニが見えますか。あの青い看板の。
(有看見那間超商嗎？那個藍色招牌的)

自己：はい、見えました。
(有，看到了)

其他行人：あそこで左に曲がって、二つ目の信号を渡ると
(在那裡左轉，過了兩個紅綠燈之後)

右手に美術館が見えるはずですよ。
(應該就能在右手邊看到美術館了)

走路能到

自己：すみません、この<ruby>店<rt>みせ</rt></ruby>に<ruby>行<rt>い</rt></ruby>きたいのですが、
(不好意思，我想去這間店)

<ruby>ここから<rt>ちか</rt></ruby><ruby>近<rt>ちか</rt></ruby>いですか。
(請問它離這裡近嗎)

其他行人：<ruby>近<rt>ちか</rt></ruby>くはないけど、そんなに<ruby>遠<rt>とお</rt></ruby>くないです。
(不算近，不過沒那麼遠)

自己：<ruby>歩<rt>ある</rt></ruby>いて<ruby>行<rt>ゆ</rt></ruby>けますか。
(用走的到得了嗎)

其他行人：はい。この<ruby>方向<rt>ほうこう</rt></ruby>からまっすぐ<ruby>行<rt>い</rt></ruby>って、
(可以。你從這方向直直往前走)

<ruby>駅前<rt>えきまえ</rt></ruby>の<ruby>商店街<rt>しょうてんがい</rt></ruby>を<ruby>抜<rt>ぬ</rt></ruby>けるとすぐ<ruby>見<rt>み</rt></ruby>えますよ。
(穿過車站前的商店街之後馬上就能看到了)

自己：<ruby>分<rt>わ</rt></ruby>かりました。ありがとうございます。
(我知道了，謝謝)

走路不能到

自己：あの、すみません、このお寺に行きたいのですが、
(那個…不好意思，我想要去這間寺廟)

歩いて行ける距離ですか。
(走路能到嗎)

其他行人：歩いて行くと1時間ぐらいかかりますよ。
(走路去的話大概要1個小時喔)

自己：そうですか。じゃあ、どうしよう…。
(這樣啊…那要怎麼辦呢…)

其他行人：あちらのバス乗り場から、
(那邊的公車乘車處)

そのお寺に行くバスがありますよ。
(有開往這間寺廟的公車喔)

日本的地址

台灣的地址是用路下去編排，但是日本的地址不同。

日本是用區域下去編排，所以你就算拿地址給日本人看，他們可能也不知道是哪裡。

如果需要問路，最好是要有好認的地標或是標誌、記號。

 訂房

單字1

ホテル		飯店
ビジネスホテル		商務旅館
カプセルホテル		膠囊旅館
りょかん	旅館	日式旅館
ルーム		房間
シングル		單人房
ダブル		雙人房
ツイン		2張單人床的雙人房
トリプル		三人房
フォース		四人房
スイートルーム		總統套房
きつえんしつ	喫煙室	吸菸房
きんえんしつ	禁煙室	禁菸房

セミ		準(較標準小)
スタンダード		標準
プレミアム		高級
エキストラベッド		臨時追加的床
わしつ	和室	日式房間
ようしつ	洋室	西式房間
きゃくしつ	客室	客房
くうしつ	空室	空房
まんしつ	満室	客滿
しゅくはくりょう	宿泊料	住宿費
ちょうしょくつき	朝食付き	附早餐
ゆうしょくつき	夕食付き	附晚餐
すどまり	素泊まり	不含餐點純住宿

幾天幾夜的念法

いっぱくふつか	一泊二日	兩天一夜
にはくみっか	二泊三日	三天兩夜
さんぱくよっか	三泊四日	四天三夜
よんぱくいつか	四泊五日	五天四夜
ごはくむいか	五泊六日	六天五夜
ろっぱくなのか	六泊七日	七天六夜
ななはくようか	七泊八日	八天七夜
ひとばん	一晩	一個晚上
ふたばん	二晩	兩個晚上
みばん	三晩	三個晚上
よばん	四晩	四個晚上

詢問房型

自己：すみません、そちらの部屋タイプを知りたいのですが、
(不好意思，我想了解你們那邊的房型)

紹介してもらえますか。
(能幫我介紹一下嗎)

工作人員：かしこまりました。
(好的)

当館の客室種類ですが、基本的にはシングルルーム、
(本館的客房種類，基本上有單人房)

ダブルルーム、ツインルームがございます。
(雙人房、雙床房)

三種の客室はそれぞれセミとプレミアムのクラスに
(3種客房又各自分為成準與高級兩個等級)

分かれており、セミクラスはやや狭めで、
(準的房間較小)

プレミアムはやや広めのお部屋でございます。
(高級的房間則是較寬敵)

そして、全種類の客室において
(然後，全種類的客房)

喫煙室または禁煙室の指定が可能でございます。
(都能指定要入住吸菸房或是禁菸房)

詢問價格

自己：６月１２日に部屋を予約したいのですが、
(我想訂 6 月 12 號的房間)

その日の禁煙シングルは一晩いくらですか。
(請問那天的禁菸單人房一晚多少錢)

工作人員：確認いたしますので、少々お待ちください。
(我確認一下，請您稍後片刻)

６月１２日でございますね。
(6 月 12 號對嗎)

お一部屋税込みで８０００円でございます。
(1 間房含稅是 8000 元)

自己：何かお得なプランはありますか。
(有什麼優惠方案嗎)

工作人員：今ご予約なさるなら、
(現在預約的話)

９０日前の早割プランが適用されます。
(可以適用 90 天前預約的早鳥方案)

宿泊料が２０％オフのほか、
(除了住宿費打 8 折以外)

いくつかの特典が付いております。
(還會有幾項其他的優惠)

訂房 ────────────────

自己：来週の水曜日から３泊したいんですが…。
　　　(我想要從下周三開始連住 3 晚)

工作人員：はい、お部屋のタイプはいかがいたしましょうか。
　　　(好的，請問要什麼類型的房間)

自己：えっと、ダブルで海が見える部屋に泊まりたいです。
　　　(嗯…我想要住可以看到海的雙人房)

工作人員：はい。ご用意できます。１８日から３泊、
　　　(好的，可以為您準備。是從 18 號起連續 3 個晚上)

ダブルで海が見える部屋でございますね。
　　　(可以看到海的雙人房對吧)

自己：はい。
　　　(是的)

沒有事先預約

自己：すみません、予約していないのですが、
(不好意思，我沒有預約)

部屋は空いていますか。
(請問還有空房嗎)

工作人員：何名様でしょうか。
(請問有幾位)

自己：5名です。
(5 位)

工作人員：確認いたしますので、少々お待ちください。
(先幫您確認一下，請稍後)

2名様と3名様に分かれてしまいますが、
(會分成 2 位與 3 位)

よろしいでしょうか。
(可以嗎)

自己：はい、大丈夫です。
(是的，沒關係)

工作人員：３名様のお部屋のベッドですが、
(關於 3 人房的床)

３つ目はエクストラベッドになってしまいますが、
(第 3 張床是臨時追加床)

よろしいでしょうか。
(這樣可以嗎)

自己：はい、それでいいです。１泊いくらですか。
(嗯，可以。請問 1 晚多少錢)

工作人員：６０００円になります。
(6000 元)

客滿

工作人員：申し訳ございません。満室でございます。
(很抱歉，都客滿了)

自己：そうですか。
(這樣啊…)

 # 住宿

チェックイン		入住手續
チェックアウト		退房手續
しゅくはくカード	<ruby>宿 泊<rt>しゅくはく</rt></ruby>カード	住宿卡
ルームキー		房間鑰匙
カードキー		房卡
てちがい	<ruby>手 違<rt>てちが</rt></ruby>い	手續上的疏失
とまる	<ruby>泊<rt>と</rt></ruby>まる	住宿
おととい	<ruby>一昨日<rt>おととい</rt></ruby>	前天
きのう	<ruby>昨日<rt>きのう</rt></ruby>	昨天
きょう	<ruby>今日<rt>きょう</rt></ruby>	今天
あした	<ruby>明日<rt>あした</rt></ruby>	明天
あさって	<ruby>明後日<rt>あさって</rt></ruby>	後天

ロビー		大廳
フロント		櫃台
クローク		寄物處
きつえんコーナー	喫煙コーナー	吸菸區
えんかいじょう	宴会場	宴會廳
ごらくしつ	娯楽室	娛樂室
だいよくじょう	大浴場	公共浴場
プール		游泳池
サウナ		三溫暖
じどうはんばいき	自動販売機	自動販賣機
しょうかき	消火器	滅火器
エレベーター		電梯

辦理入住

　　　自己：予約している陳です。チェックインをお願いします。
　　　　　　（我有預約，我姓陳。麻煩幫我辦一下入住手續）

工作人員：はい、かしこまりました。
　　　　　　（好的，我知道了）

　　　　　　予約確認書とパスポートをお見せいただけますか。
　　　　　　（請給我看您的預約單和護照）

　　　自己：はい、どうぞ。
　　　　　　（好的，請）

工作人員：ありがとうございます。
　　　　　　（謝謝）

　　　　　　この宿泊カードにご記入願えますか。
　　　　　　（可以請您填寫這份住宿卡嗎）

　　　自己：はい。
　　　　　　（好）

工作人員：ありがとうございます。
　　　　　　（謝謝）

　　　　　　では、お客様のお部屋は２１３号室になります。
　　　　　　（那麼，客人您的房號是 213 號房）

　　　　　　こちらがお部屋の鍵になります。
　　　　　　（這是房間的鑰匙）

預約出狀況

工作人員：申^{もう}し訳^{わけ}ございません。
(非常抱歉)

お客様^{きゃくさま}のご予約^{よやく}を承^{うけたまわ}っていないようなのですが…。
(好像沒有接到客人您的預約)

自己：そんなはずありません。
(不可能)

確^{たし}かに予約^{よやく}しました。これが予約確認書^{よやくかくにんしょ}です。
(我確實有預約了，這是預約單)

工作人員：もう一度確認^{いちどかくにん}してまいります。
(我再去確認一次)

大変失礼^{たいへんしつれい}いたしました。
(非常抱歉)

こちらの手違^{てちが}いで予約^{よやく}が取^とれていなかったようです。
(因為我們的疏忽而沒有接到您的預約)

自己：今日^{きょう}は泊^とまれないのですか。
(我今天沒辦法入住嗎)

工作人員：いえ、ただ今^{いま}お部屋^{へや}を準備^{じゅんび}いたします。
(不，現在正在準備客人您的房間)

誠^{まこと}に申^{もう}し訳^{わけ}ございませんでした。
(真的是非常抱歉)

環境事項說明

自己：明日の朝食はどこでとりますか。
(明天的早餐是在哪裡吃)

工作人員：一階の宴会場でございます。
(在 1 樓的宴會廳)

朝七時からご提供させていただきます。
(早上 7 點開始供餐)

自己：分かりました。あと、館内には自販機はありますか。
(知道了。還有，館內有販賣機嗎)

工作人員：はい、各フロアのエレベーターの横に
(有的，各樓層的電梯旁)

一台ずつ設置されております。
(都有設置 1 台)

自己：そう言えば、大浴場の場所をまだ聞いていませんね。
(對了，我還不曉得大浴場的位置呢)

工作人員：失礼いたしました。大浴場は最上階にございます。
(失禮了，大浴場在最上層)

大浴場は男女入替制なので、
（だいよくじょう　だんじょいれかえせい）
(由於大浴場是採男女交替制)

時間帯をご確認した上でご利用くださいませ。
（じかんたい　かくにん　うえ　りよう）
(所以請先確認好時間帶再加以利用)

自己：はい。

(好)

工作人員：では、ごゆっくりどうぞ。

(那麼，歡迎客人您慢慢享受)

無法延長住宿天數

自己：あの、もう一泊したいんですが、できますか。
（いっぱく）
(那個…我想要再住一天，可以嗎)

工作人員：お調べしますね。少々お待ちください。
（しら　　　　しょうしょう　ま）
(我為您調查一下，請稍等)

…お客様、大変申し訳ございません。
（きゃくさま　たいへんもう　わけ）
(這位客人，非常抱歉)

明日は既に予約が入っておりまして…。
（あした　すで　よやく　はい）
(明天已經有人預約了…)

自己：そうですか…。

(這樣啊…)

可以延長入住時間

自己：３０６号室の者なんですが、
（我是 306 號房的客人）

明後日まで滞在を延長することができますか。
（請問我可以延長居住天數到後天嗎）

工作人員：少々お待ちください。…はい、できます。
（請您稍等…是的，可以延長）

では明後日の正午１２時までに
（那麼我們就在後天的中午 12 點之前）

チェックアウトでよろしいですね。
（辦理退房，這樣沒問題吧）

自己：はい、それでお願いします。
（對，就那樣子，麻煩你了）

 **泡湯**

おんせん	温泉	溫泉
ふろ	風呂	浴室
みずぶろ	水風呂	冷水浴
ろてんぶろ	露天風呂	露天溫泉
かしきりぶろ	貸切風呂	個人湯屋
あしゆ	足湯	足浴
シャワー		淋浴
かけゆ	かけ湯	泡湯前先清洗身體的動作
ゆかた	浴衣	浴衣
バスタオル		浴巾
シャンプー		洗髮精
ボディーソープ		沐浴乳
せっけん	石鹸	肥皂

詢問泡湯時間

自己：大浴場の利用できる時間は何時から何時までですか。
(大浴場的開放時間是從幾點到幾點)

工作人員：夜中3時から4時までの清掃時間以外、
(除了深夜的3點到4點之間的打掃時間以外)

いつでもご利用いただけます。
(隨時都可以使用)

自己：大浴場以外、貸切風呂や家族風呂などはありますか。
(你們除了大浴場以外，還有個人湯屋或是家庭浴場之類的嗎)

工作人員：無料でご利用いただける家族風呂がございます。
(有可以免費使用的家庭浴場)

自己：えっ、無料ですか。
(咦？免費的嗎)

工作人員：はい。ただし、お1組様につき一回限りでございます。
(是的。不過每組客人僅限一次)

自己：予約は必要ですか。
(需要預約嗎)

工作人員：はい、ご予約^{よやく}はお手数^{てすう}ですが、
(要，還要勞煩客人您)

フロントまでお越^こしくださいませ。
(至櫃台預約)

詢問溫泉功效

自己：こちらの温泉^{おんせん}は何^{なに}に効^きくのですか。
(請問這邊的溫泉有什麼功效)

工作人員：関節痛^{かんせつつう}や筋肉痛^{きんにくつう}に効^ききます。
(對舒緩關節疼痛、肌肉痠痛有幫助)

自己：飲^のめますか。
(可以喝嗎)

工作人員：いいえ、飲用^{いんよう}には適^{てき}していません。
(不，並不適合飲用)

✈ 客房服務

ルームサービス		客房服務
クレーム		客訴、抱怨
クリーニング		清洗衣物
ドライクリーニング		乾洗
コインランドリー		自助洗衣
モーニングコール		晨喚服務
かけぶとん	掛け布団	棉被
しきぶとん	敷布団	墊被
エアコン		空調
れいぼう	冷房	冷氣
だんぼう	暖房	暖氣
テレビ		電視
リモコン		遙控器

單字2

でんき	電気	電燈泡
ポット		熱水壺
れいぞうこ	冷蔵庫	冰箱
ごみばこ	ゴミ箱	垃圾桶
ドライヤー		吹風機
くし	櫛	梳子
はブラシ	歯ブラシ	牙刷
はみがきこ	歯磨き粉	牙膏
タオル		毛巾
パジャマ		睡衣
スリッパ		拖鞋
ベッド		床
シーツ		床單
まくらカバー	枕カバー	枕頭套

在房間用餐

工作人員：お客様。
（客人）

自己：はい。
（是的）

工作人員：お夕飯をお持ちいたしました。
（幫您送晚餐來了）

自己：どうぞ。お願いします。
（請進，麻煩你了）

工作人員：失礼いたします。
（打擾了）

自己：これは何ですか。
（請問這是什麼）

工作人員：当旅館の名物料理でございます。
（這是本旅館的招牌料理）

想使用保險箱

工作人員：はい、いかがなさいましたか。
(是的，請問怎麼了嗎)

自己：セーフティーボックスを使いたいんですが…。
(我想要使用保險箱…)

工作人員：はい、では、こちらの鍵をお使いください。
(好的，那麼，請您用這把鑰匙)

自己：どうも。
(謝謝)

衣物送洗

自己：あの、すみません。
(那個…不好意思)

クリーニングのサービスがありますか。
(請問有送洗的服務嗎)

工作人員：はい、ございます。こちらが価格表です。
(有的，有這項服務，這邊是價目表)

自己：じゃあ、このシャツとジーンズをお願いします。
(那麼，麻煩你們清洗這件襯衫和牛仔褲)

工作人員：かしこまりました。明日のお昼頃のお渡しになります。
(我知道了，明天中午左右會交還給您)

晨喚服務

工作人員：はい、フロントです。
(您好，這裡是櫃台)

自己：あの、明日8時にモーニングコールお願いできますか。
(那個…可以請你們明天早上8點叫我起床嗎)

工作人員：はい、8時でございますね。かしこまりました。
(好的，明天早上8點對吧？我知道了)

自己：よろしくお願いします。
(拜託你了)

要棉被

自己：すみません、704号室の陳です。
(不好意思，我是704號房的陳)

部屋が寒いので、追加の掛け布団もらえますか。
(因為房間很冷，可以多給我一件棉被嗎)

工作人員：かしこまりました。すぐお持ちします。
(好的，我馬上拿過去)

自己：ありがとうございます。
(謝謝)

忘記房間號碼

自己：すみません、部屋の番号を忘れてしまいました。
(不好意思，我忘記房間號碼了)

工作人員：お客様のお名前は？
(請問客人您的名字是)

自己：陳です。
(我姓陳)

工作人員：確認のため、パスポートをお願いできますか。
(為了確認，可以麻煩您將護照給我嗎)

自己：はい、これです。
(好，這是我的護照)

工作人員：お客様のお部屋番号は８０１号室になります。
(客人您的房間號碼為 801 號房)

自己：分かりました。ありがとうございます。
(知道了，謝謝)

鑰匙忘在房間

自己：すみません、部屋に鍵を忘れて出てしまったんですが。
(不好意思，我把鑰匙忘在房間裡了…)

工作人員：かしこまりました。
(我知道了)

では、鍵をお開けしますので、お部屋までご一緒に。
(那麼，我和您一起過去房間，幫您開門)

自己：どうもすみません。
(真不好意思)

鑰匙遺失

自己：すみません、部屋の鍵を失くしてしまいました。
(不好意思，我把房間的鑰匙搞丟了)

工作人員：お部屋番号とお名前を教えていただけますか。
(能請教客人您的房間號碼與姓名嗎)

自己：はい、７０４号室の陳です。
(嗯，我是 704 號房的陳)

工作人員：かしこまりました。新しい鍵をご用意いたします。
(好的，我幫您準備新的鑰匙)

自己：すみません、ありがとうございます。
(不好意思，謝謝了)

空調沒在運轉

　　自己：すみません。
　　　　　(不好意思)

工作人員：はい、いかがなさいましたか。
　　　　　(是的，怎麼了嗎)

　　自己：部屋のエアコンが動かないんですが…。
　　　　　(我房間的空調沒有在運轉…)

工作人員：申し訳ありません。ただいま係りの者を向かわせます。
　　　　　(不好意思，我立刻叫相關人員前去查看)

洗澡沒熱水

　　自己：あの、ちょっとすみません。
　　　　　(那個…打擾一下)

工作人員：はい、いかがなさいましたか。
　　　　　(是的，怎麼了嗎)

　　自己：シャワーのお湯が熱くならないんですが…。
　　　　　(蓮蓬頭的熱水都不熱…)

工作人員：早速、係りの者を向かわせますので、
　　　　　(我會立刻叫相關人員前去查看)

　　　　　お部屋でお待ちいただけますか。
　　　　　(可以請您在房間等候嗎)

電視沒畫面

工作人員：こんばんは。フロントでございます。
(晚安，這邊是櫃台)

自己：誰<ruby>だれ</ruby>かよこしてください。
(請你們派個人過來)

工作人員：どうなさいましたか。
(怎麼了嗎)

自己：テレビが映<ruby>うつ</ruby>らないんです。
(電視沒辦法看)

工作人員：承<ruby>しょうち</ruby>知いたしました。
(我知道了)

スタッフがすぐ参<ruby>まい</ruby>りますので、お部屋<ruby>へや</ruby>でお待<ruby>ま</ruby>ちください。
(工作人員馬上過去，請您在房內稍候)

確定故障後安排換房

自己：どうですか。
(情況怎麼樣)

工作人員：故障のようでございます。
(看起來是故障了)

ご迷惑をお掛けしまして、申し訳ございません。
(非常抱歉給您添了麻煩)

今すぐ別の部屋をご用意します。
(我們立刻為您準備別的房間)

隔壁太吵

自己：すみません、７０４号室の陳です。
(不好意思，我是704號房的陳)

隣がうるさいので、部屋を替えてもらえませんか。
(因為隔壁太吵，可不可以請你幫我換房間)

工作人員：かしこまりました。少々お待ちください。
(我知道了，請您稍等一下)

自己：よろしくお願いします。
(拜託你了)

房間有蟲

工作人員：はい、フロントです。
(您好，這裡是櫃台)

自己：あの、さっき部屋に変な虫が出てきて…。
(那個…剛才房間裡出現了奇怪的蟲…)

別の部屋に換わることはできますか。
(可以換到別的房間嗎)

工作人員：左様でございますか。
(這樣子啊)

では、５０６号室をご案内します。
(那麼，我帶您到506號房)

自己：お願いします。
(麻煩你了)

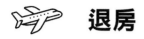 **退房**

あずけます	<ruby>預<rt>あず</rt></ruby>けます	寄放
あずかります	<ruby>預<rt>あず</rt></ruby>かります	保管
せいきゅうしょ	<ruby>請求書<rt>せいきゅうしょ</rt></ruby>	帳單
おしはらい	お<ruby>支払<rt>しはら</rt></ruby>い	付款
いっかつばらい	<ruby>一括払<rt>いっかつばら</rt></ruby>い	一次付清
ぶんかつばらい	<ruby>分割払<rt>ぶんかつばら</rt></ruby>い	分期付款
まえばらい	<ruby>前払<rt>まえばら</rt></ruby>い	先付款
あとばらい	<ruby>後払<rt>あとばら</rt></ruby>い	後付款
げんきん	<ruby>現金<rt>げんきん</rt></ruby>	現金
クレジットカード		信用卡
おきわすれた	<ruby>置<rt>お</rt></ruby>き<ruby>忘<rt>わす</rt></ruby>れた	放在那裡忘了拿

辦理退房

自己：チェックアウトをお願いします。
(麻煩幫我辦退房)

工作人員：かしこまりました。ルームキーをお預かりします。
(好的，已收到您的房卡)

こちらの請求書をご確認ください。
(請確認這份帳單)

自己：これは何の料金ですか。
(這是什麼費用)

工作人員：これは入湯税でございます。
(這是泡湯稅)

温泉をご利用なさったお客様から
(是向有泡溫泉的客人)

いただく税金でございます。
(所收取的稅金)

自己：そうですか。この金額で間違いありません。
(這樣啊。這個金額沒錯)

工作人員：お支払いは現金、
(請問客人您是要付現)

クレジットカードのどちらになさいますか。
(還是要刷卡呢)

自己：カードでお願いします。
(麻煩刷卡)

東西忘在飯店

自己：すみません、部屋に財布を置き忘れたみたいです。
(不好意思，我好像把錢包忘在房間裡了)

工作人員：お部屋番号をお伺いしてもよろしいでしょうか
(能請您告訴我您的房間號碼嗎)

自己：７０４でした。
(是 704)

工作人員：承知いたしました。
(好的)

確認いたしますので、少々お待ちください。
(我確認一下，請您稍等)

確かにお客様のお部屋の中にございました。
(確實在客人您的房間內)

餐廳訂位

でんわ	電話 (でんわ)	電話
よやく	予約 (よやく)	預約
キャンセル		取消
にちじ	日時 (にちじ)	日期時間
まんせき	満席 (まんせき)	客滿
くうせき	空席 (くうせき)	空位
きんえんせき	禁煙席 (きんえんせき)	禁菸席
きつえんせき	喫煙席 (きつえんせき)	吸菸席
カウンターせき	カウンター席 (せき)	吧檯的座位
テーブルせき	テーブル席 (せき)	餐桌的座位
あいせき	相席 (あいせき)	併桌

時間

ごぜん	午前 （ごぜん）	上午 (AM)
ごご	午後 （ごご）	下午 (PM)
よる	夜 （よる）	晚上
いちじ	1時 （いちじ）	一點
にじ	2時 （にじ）	兩點
さんじ	3時 （さんじ）	三點
よじ	4時 （よじ）	四點
ごじ	5時 （ごじ）	五點
ろくじ	6時 （ろくじ）	六點
しちじ	7時 （しちじ）	七點
はちじ	8時 （はちじ）	八點
くじ	9時 （くじ）	九點
じゅうじ	10時 （じゅうじ）	十點

電話預約

工作人員：お電話ありがとうございます。
(感謝您的來電)

自己：席の予約をしたいのですが…。
(我想要訂位子…)

工作人員：お席のご予約でございますね。ありがとうございます。
(訂位嗎？謝謝您)

日時はお決まりでございますか。
(請問您的日期時間已經確定了嗎)

自己：２５日の夜７時です。
(25 號晚上 7 點)

工作人員：２５日の夜７時でございますね。
(25 號的晚上 7 點嗎)

何名様でいらっしゃいますか。
(請問是幾位呢)

自己：２名です。
(兩位)

工作人員：２名様でございますね。
(兩位嗎)

確認いたしますので、少々お待ちください。
(這裡為您確認一下，請稍候)

自己：はい。
(嗯)

工作人員：お客様、お待たせしました。
(客人讓您久等了)

ご希望の日時でご利用いただけます。
(您要的時間有位子)

ご予約でよろしいでしょうか。
(我直接幫您預約可以嗎)

自己：はい、お願いします。
(好，麻煩你了)

想要的時間沒有位子 ─────

工作人員：申し訳ございません。その時間は満席となっております。
(非常抱歉，那個時間已經客滿了)

自己：別の時間は空いていますか。
(別的時間還有空位嗎)

工作人員：8時以降でしたら、お席をご用意できますが、
(8點以後的話，就能為您準備位子)

いかがなさいますか。
(您意下如何)

自己：じゃ、8時で。
(那就8點)

工作人員：かしこまりました。では２５日の夜８時、
(好的，那就幫您預約25號的晚上8點)

２名様でご予約をお取りします。
(兩位)

取消訂位

自己：もしもし、<ruby>私<rt>わたし</rt></ruby>、<ruby>２５日<rt>にじゅうごにち</rt></ruby>の<ruby>夜<rt>よるはち</rt></ruby>8<ruby>時<rt>じ</rt></ruby>に
(喂喂，我是已經預訂了)

<ruby>席<rt>せき</rt></ruby>を<ruby>予約<rt>よやく</rt></ruby>した<ruby>者<rt>もの</rt></ruby>なんですが…。
(25 號晚上 8 點的位子的人)

工作人員：はい、<ruby>陳様<rt>ちんさま</rt></ruby>ですね。
(是的，陳先生對吧)

自己：<ruby>予約<rt>よやく</rt></ruby>をキャンセルしたいんですが、できますか。
(我想要取消訂位，可以嗎)

工作人員：はい、できますよ。
(是的，可以喔)

 **抵達店家**

	單字	

かいてん	開店 かいてん	開始營業、開店
へいてん	閉店 へいてん	打烊、關店
えいぎょうちゅう	営業中 えいぎょうちゅう	營業中
じゅんびちゅう	準備中 じゅんびちゅう	準備中
きゅうぎょうちゅう	休業中 きゅうぎょうちゅう	放假中
ていきゅうび	定休日 ていきゅうび	公休日
ねんじゅうむきゅう	年中無休 ねんじゅうむきゅう	全年無休
おぼんやすみ	お盆休み ぼんやす	盂蘭盆節休假
ねんまつねんし	年末年始 ねんまつねんし	年終年初
レストラン		餐廳
ファーストフード		速食
やたい	屋台 やたい	攤販

詢問有沒有位子

自己：すみません、予約していないのですが、
(不好意思，我沒有預約)

空いている席はありますか。
(請問有空位嗎)

工作人員：いらっしゃいませ。はい、大丈夫です。
(歡迎光臨，是的，還有位子)

お席にご案内いたします。
(我為您帶位)

已經預約好

工作人員：いらっしゃいませ。
(歡迎光臨)

自己：予約した陳ですが。
(我是已經預約的陳)

工作人員：はい、陳様、お待ちしておりました。
(是的，陳先生，正在等候您的光臨)

お席へご案内いたします。
(座位請往這邊)

訂位出現狀況

自己：こんにちは。予約をしている者ですが…。
(你好，我有訂位)

工作人員：いらっしゃいませ。お名前は。
(歡迎光臨，請問貴姓)

自己：陳です。2時に予約しました。
(我姓陳，預約2點)

工作人員：すみません、こちらにお客様の予約記録がないのですが。
(不好意思，這邊沒有客人您的預約紀錄…)

自己：そんなことはないと思います。
(怎麼可能)

先週電話で予約したのです。
(我上個星期就打電話來預約了)

工作人員：すみません。
(不好意思)

こちらの手違いで、申し訳ありませんでした。
(可能是我們這邊的疏失，很抱歉)

只今すぐにお席をご用意いたします。
(現在立刻就為您安排座位)

自己：お願いします。
(麻煩你了)

不用排隊

工作人員：いらっしゃいませ、何名様ですか。
（歡迎光臨，請問幾位）

自己：二人です。
（兩位）

工作人員：おタバコはお吸いになりますか。
（請問您有抽菸嗎）

自己：いいえ、禁煙席をお願いします。
（沒有，麻煩給我禁菸的位子）

工作人員：カウンター席のみのご案内となりますが、
（目前只有吧檯的座位）

よろしいでしょうか。
（可以嗎）

自己：はい、大丈夫です。
（嗯，沒問題）

工作人員：では、こちらへどうぞ。
（那麼，這邊請）

要排隊

工作人員：いらっしゃいませ、ご予約はなさっていますか。
(歡迎光臨，請問有預約嗎)

自己：いいえ、今空いていますか。
(沒，現在有位子嗎)

工作人員：申し訳ございません、
(非常抱歉)

ただいま満席となっておりますので、
(因為現在客滿了)

お待ちいただくことになります。
(要請您稍候)

自己：そうですか。待ち時間はどれくらいですか。
(這樣啊，大概要等多久)

工作人員：３０分ほどになります。
(30分鐘左右)

自己：じゃ、待ちます。
(那我就等吧)

工作人員：ありがとうございます。
(謝謝您)

こちらにお名前と人数をご記入してお待ちください。
(請在這裡填寫您的大名和人數，然後靜候)

空き次第お名前をお呼びします。
(一有位子我們就會喊您的名字)

自己：分かりました。
(我知道了)

 **點餐**

單字		
メニュー		菜單
コース		套餐(照順序出)
セット		套餐
たんぴん	単品 （たんぴん）	單點
おすすめ		推薦
おしぼり		濕毛巾
おひや	お冷 （ひや）	冷水
ライス		白飯
サラダ		沙拉
ドレッシング		沾醬
ドリンク		飲料
わふう	和風 （わ ふう）	日式
ちゅうかふう	中華風 （ちゅう か ふう）	中式
ようふう	洋風 （よう ふう）	西式

還沒決定要點什麼

工作人員：おしぼりとお冷でございます。
(為您送上濕毛巾和水)

ご注文をお伺いしてよろしいでしょうか。
(請問可以點餐了嗎)

自己：もう少し時間をください。
(請再等一下)

工作人員：かしこまりました。
(好的)

ご注文が決まりましたら、お呼びくださいませ。
(要點餐的時候，請喊我過來)

兒童菜單

工作人員：いらっしゃいませ、こちらがメニューです。
(歡迎光臨，這是菜單)

自己：あの、子供向けのメニューはありますか。
(那個…有兒童菜單嗎)

工作人員：お子様向けは、こちらのページにございます。
(兒童菜單在這一頁)

自己：じゃあ、このお子様ランチBセットを一つください。
(那麼，請給我1份兒童餐的B套餐)

直接點推薦料理

工作人員：こちらがメニューです。
(這是菜單)

自己：今日のおすすめメニューは何ですか。
(請問今天的推薦料理是什麼)

工作人員：本日のおすすめは和風パスタです。
(今天的推薦料理是和風義大利麵)

自己：じゃ、それをお願いします。
(那麼，請給我那個)

想點的菜已經沒有

自己：これください。
(請給我這個)

工作人員：申し訳ございません。
(非常抱歉)

そちらのメニューは1日10食限定で、
(這個餐點1天限定10份)

本日はもう終わってしまいました。
(今天已經賣完了)

點套餐

自己：すみません、 注文_{ちゅうもん}お願いします。
(不好意思，我要點餐)

工作人員：お待_またせしました。何_{なに}になさいますか。
(讓您久等了，請問要點什麼呢)

自己：Ａコースお願_{ねが}いします。
(我要 A 套餐)

工作人員：パンとライスが選_{えら}べますが、どちらになさいますか。
(可以選擇麵包和白飯，請問要哪一個)

自己：ライスで。
(白飯)

工作人員：サラダのドレッシングはどちらになさいますか。
(請問沙拉的沾醬要哪一種呢)

自己：和風_{わふう}ドレッシングでお願_{ねが}いします。
(請給我和風沾醬)

工作人員：お飲_のみ物_{もの}はいつお持_もちいたしましょうか。
(請問飲料要什麼時候上呢)

自己：食後_{しょくご}にお願_{ねが}いします。
(麻煩餐後再上)

工作人員：かしこまりました。
(我知道了)

✈ 用餐

はし	箸 (はし)	筷子
レンゲ		調羹
さじ	匙 (さじ)	湯匙
スプーン		湯匙(西式)
めしじゃくし	飯杓子 (めしじゃくし)	飯匙
フォーク		叉子
ナイフ		刀子
トング		夾子
さら	皿 (さら)	盤子
とりざら	取り皿 (と ざら)	分裝用小盤子
プレート		餐盤
トレー		托盤

單字2

ちゃわん	茶碗	碗
ゆのみ	湯のみ	茶杯
コップ		杯子
タンブラー		隨行杯
カップ		杯子(有把手)
マグカップ		馬克杯
コーヒーカップ		咖啡杯
グラス		玻璃杯
ジョッキ		啤酒杯
つまようじ	爪楊枝	牙籤
ナプキン		餐巾
ティッシュ		衛生紙

上菜

工作人員：お待たせしました。パスタのお客様は…。
(讓您久等了，請問點義大利麵的客人是)

自己：はい、私です。
(是我)

工作人員：牛肉の赤ワイン煮込みのお客様は…。
(點紅酒燉牛肉的客人是)

同行者：はい。
(是的)

工作人員：以上で、ご注文の品はお揃いでしょうか。
(請問這樣子客人您點的餐點都到齊了嗎)

自己：はい。
(是的)

工作人員：では、ごゆっくりお召し上がりください。
(那麼，請慢用)

送錯餐點

自己：頼んだ物と違う料理です。これは注文していません。
(這和我點的菜不一樣，我沒有點這個)

工作人員：大変失礼しました。
(真的非常抱歉)

ご注文の料理をすぐにお持ちいたします。
(馬上送上您點的餐點)

自己：注文と違うけど…。
(雖然和點的不同)

それもおいしそうだから、それでもいいです。
(但看起來好像也很好吃，這個就可以了)

工作人員：左様でございますか。ありがとうございます。
(這樣啊，謝謝您)

それでしたらコーヒーをサービスでお付けいたします。
(這樣的話，招待您一杯咖啡)

餐點一直沒來

自己：すみません、料理がまだ来ていないのですが、
（不好意思，餐點一直都沒來）

さっきからずっと待っています。
（我從剛才就一直在等了）

工作人員：申し訳ございません。ただ今お持ちいたします。
（非常抱歉，現在立刻送來）

詢問吃法

自己：すみません、これはどうやって食べるのですか。
（不好意思，請問這個要怎麼吃呢）

工作人員：お醤油をかけてお召し上がりください。
（請淋上醬油再享用）

餐具掉到地上 ────────────

自己：すみません。スプーンを落としてしまいました。
(不好意思,我把湯匙弄掉了)

工作人員：新しいスプーンをお持ちします。
(我幫您拿新的湯匙)

其他句子 ────────────

自己：すみません。お水のおかわりをください。
(不好意思,請再幫我倒一杯水)

自己：ティッシュをくれませんか。
(可以給我衛生紙嗎)

自己：取り皿を何枚かください。
(請給我幾個小盤子)

自己：すみません。トイレはどこですか。
(不好意思,請問廁所在哪裡)

換盤子

自己：すみませーん。
(不好意思～)

工作人員：はい。
(是的)

自己：すみません、お皿を取り換えてもらえますか。
(不好意思，可以幫我換盤子嗎)

工作人員：かしこまりました。今、新しい物をお持ちします。
(我知道了，現在就去為您拿新盤子)

收盤子

工作人員：こちらのお皿はお下げしてもよろしいでしょうか。
(請問這裡的盤子可以收了嗎)

自己：いいえ、まだ食べています。
(不，還在用)

打包

自己：テイクアウトはできますか。
(請問可以打包嗎)

工作人員：はい、では容器をお持ちします。
(可以，那麼我把容器拿過來)

不能打包

自己：はあ、お腹いっぱい。…あの、すみません。
(啊～肚子好飽…。那個…不好意思)

工作人員：はい。
(是的)

自己：持ち帰り袋をもらえますか。
(可以給我個外帶的袋子嗎)

工作人員：申し訳ございません。当店では
(非常抱歉，因為我們店裡)

お持ち帰りはできない決まりになっておりまして…。
(規定不能外帶…)

✈ 餐廳結帳

單字

かいけい	会計	算帳
かんじょう	勘定	結帳
べつべつ	別々	各自結帳
わりかん	割り勘	大家平分
おごり	奢り	請客
わりびきけん	割引券	折價券
テーブルばらい	テーブル払い	在位子結帳
レジばらい	レジ払い	在收銀檯結帳
おつり	お釣り	找的錢
レシート		發票
サービスりょうきん	サービス料金	服務費

一起結

自己：お勘定をお願いします。
（麻煩結帳）

工作人員：かしこまりました。お会計２３００円でございます。
（好的，您的金額是 2300 元）

お支払いはご一緒でよろしいでしょうか。
（一起結可以嗎）

自己：はい。
（嗯）

分開結

工作人員：お会計はどうしますか。
（請問要如何結帳呢）

自己：勘定を別々にしてください。
（請幫我分開算）

工作人員：かしこまりました。カレーライスが６８０円、
（我知道了，咖哩飯是 680 元）

天ぷら定食が９８０円でございます。
（天婦羅定食是 980 元）

刷卡

自己：すみません。会計をお願いします。
(不好意思，麻煩結帳)

工作人員：かしこまりました。
(好的)

自己：カードでもいいですか。
(可以用信用卡嗎)

工作人員：はい、ではカードをお預かりいたします。
(可以，那麼收下您的信用卡)

こちらにサインをお願いいたします。
(麻煩請您在這裡簽名)

找錯錢

工作人員：こちら、レシートとお釣りです。
(這是您的發票和找零)

自己：…あれ？お釣り間違っていませんか。
(…咦？是不是找錯錢了)

工作人員：あ、申し訳ございません。
(啊，非常抱歉)

 **壽司**

すし	寿司	壽司
にぎりずし	握り寿司	握壽司
ぐんかんまき	軍艦巻き	軍艦捲
まきもの	巻き物	海苔捲
てっかまき	鉄火巻き	鮪魚捲
ネギトロまき	ネギトロ巻き	蔥花鮪魚捲
かっぱまき	かっぱ巻き	小黃瓜捲
なっとうまき	納豆巻き	納豆捲
いなりずし	いなり寿司	豆皮壽司
てまき	手巻き	手捲
ちらしずし	ちらし寿司	散壽司
さしみ	刺身	生魚片
がり		薑片

單字2

まぐろ	<ruby>鮪<rt>まぐろ</rt></ruby>	鮪魚
たい	<ruby>鯛<rt>たい</rt></ruby>	鯛魚
ぶり	<ruby>鰤<rt>ぶり</rt></ruby>	青魽魚
かんぱち		紅魽魚
あじ	<ruby>鯵<rt>あじ</rt></ruby>	竹筴魚
さば	<ruby>鯖<rt>さば</rt></ruby>	青花魚
さけ	<ruby>鮭<rt>さけ</rt></ruby>	鮭魚
えび	<ruby>海老<rt>えび</rt></ruby>	蝦子
いせえび	<ruby>伊勢海老<rt>いせえび</rt></ruby>	龍蝦
イカ		花枝
たこ	<ruby>蛸<rt>たこ</rt></ruby>	章魚
うなぎ	<ruby>鰻<rt>うなぎ</rt></ruby>	鰻魚
うに		海膽
いくら		鮭魚卵

就坐

工作人員：いらっしゃい。
(歡迎光臨)

自己：２名<ruby>めい<rt></rt></ruby>なんですが…。
(我們 2 位)

工作人員：空いている席へどうぞ。
(空位都可以坐)

自己：すみません。ここは空いていますか。
(不好意思，這裡是空位嗎)

工作人員：ええ、空いています。どうぞ。
(是，那裡沒人坐，請坐)

點推薦

自己：おすすめはありますか。
(請問有推薦嗎)

工作人員：今日はマグロ！いいのが入っているよ。
(今天推薦鮪魚！有進到好貨喔)

自己：じゃ、マグロをお願いします。
(那我要鮪魚)

工作人員：あいよ。
(好唷)

點菜

自己：大トロといくら、一貫ずつお願いします。
(麻煩我要鮪魚腹肉和鮭魚卵各一個)

あ、わさび苦手なので、サビ抜きでお願いします。
(啊，我不太吃山葵，麻煩不要加山葵)

工作人員：あいよ。
(好唷)

其他

自己：すみません、しゃりを少なめでお願いします。
(不好意思，壽司的飯麻煩少一點)

自己：すみません、お愛想お願いします。
(不好意思，麻煩結帳)

迴轉壽司 ────────────────

工作人員：いらっしゃいませ。お席にご案内します。
（歡迎光臨，為您帶位）

自己：えっと、自分でお皿を取って食べるんですか。
（那個…請問是自己取用嗎）

工作人員：はい、ベルトコンベアで流れてくるお寿司を
（是的，在輸送帶上的壽司）

お客様が選んで召し上がってください。
（由客人自己選用）

自己：値段はみんな同じですか。
（價錢都一樣嗎）

工作人員：いいえ、お皿によって違います。
（不是，因盤子而異）

あちらの壁にお皿と値段の表があります。
（那邊的牆上有盤子的價目表）

シンプルなお皿が安くて、豪華な模様のお皿が高いと
（只要記得樸素的盤子比較便宜，樣式豪華的盤子比較貴）

覚えていただけると、分かりやすいと思います。
（這樣就會比較好分辨了）

自己：分かりました。ありがとうございます。
（我知道了，謝謝）

 **食堂**

單字 1

ひがわりていしょく	日替わり定食	每日套餐
からあげていしょく	から揚げ定食	炸雞套餐
とんかつていしょく	豚カツ定食	炸豬排套餐
みそかつていしょく	味噌カツ定食	味噌豬排套餐
やきにくていしょく	焼肉定食	燒肉套餐
しょうがやき	生姜焼き定食	薑燒豬肉套餐
やきざかなていしょく	焼き魚定食	烤魚套餐
ごはん	ご飯	白飯
みそしる	味噌汁	味噌湯
とんじる	豚汁	豬肉味噌湯
こばち	小鉢	小菜
つけもの	漬物	醃漬品

おやこどん	親子丼	雞肉雞蛋蓋飯
たにんどん	他人丼	豬、牛肉的雞蛋蓋飯
てんどん	天丼	天婦羅蓋飯
かつどん	カツ丼	炸豬排蓋飯
ぶたどん	豚丼	豬肉蓋飯
ぎゅうどん	牛丼	牛肉蓋飯
しらすどん	しらす丼	魩仔魚蓋飯
うなどん	うな丼	鰻魚蓋飯
うにどん	うに丼	海膽蓋飯
いくらどん	いくら丼	鮭魚卵蓋飯
ナポリタン		拿坡里義大利麵
オムライス		蛋包飯
カレーライス		咖哩飯

入店點餐

工作人員：いらっしゃい。
　　　　　(歡迎光臨)

自己：どこに座ればいいですか。
　　　(請問坐哪裡好呢)

工作人員：空いている席にどうぞ。
　　　　　(請坐空位)

自己：今日の日替わり定食は何ですか。
　　　(請問今天的每日套餐是什麼啊)

工作人員：白身魚のフライです。
　　　　　(是炸白身魚)

自己：じゃ、それをお願いします。
　　　(那麻煩給我那個)

需買餐券

工作人員：いらっしゃい。
(歡迎光臨)

自己：とんかつ定食一つお願いします。
(麻煩給我 1 份炸豬排套餐)

工作人員：申し訳ございませんが、先に食券を買ってください。
(不好意思，請您先購買餐券)

自己：食券ですか。
(餐券嗎)

工作人員：入口のところに食券の販売機がありますから。
(在入口的地方有餐券的販賣機)

自己：この機械ですか。
(是這個機器嗎)

工作人員：はい、お金を入れて、
(是的，把錢放進去)

食べたいメニューのボタンを押すと、
(然後按下想吃的菜色)

下から食券が出てきます。
(餐券就會從下面跑出來)

 # 拉麵

單字1

しょうゆラーメン	醤油ラーメン	醬油拉麵
とんこつラーメン	豚骨ラーメン	豚骨拉麵
みそラーメン	味噌ラーメン	味噌拉麵
からみそラーメン	辛味噌ラーメン	辣味噌拉麵
しおラーメン	塩ラーメン	鹽味拉麵
つけめん	つけ麺	沾麵
たんたんめん	担々麺	擔擔麵
チャーシューめん	チャーシュー麺	叉燒麵
うどん		烏龍麵
そば		蕎麥麵
あっさり		清爽口味
こってり		濃郁口味

かため	硬め	麵條偏硬
やわらかめ	柔らかめ	麵條偏軟
かえだま	替え玉	續碗加麵
なると		魚板
ネギ		蔥
にんにく		大蒜
メンマ		筍乾
もやし		豆芽菜
わかめ		海帶芽
のり	海苔	海苔
キャベツ		高麗菜
はんじゅくたまご	半熟玉子	溏心蛋
あじつけたまご	味付け玉子	滷蛋

點餐

自己：すみませーん。
(不好意思)

工作人員：はい、ご注文をどうぞ。
(好的，請問要點什麼)

自己：味噌ラーメンを大盛りでお願いします。
(麻煩要一碗大碗的味噌拉麵)

工作人員：麵の硬さはどうしますか。
(請問麵要多硬呢)

自己：普通でお願いします。
(我要普通硬度)

あと、ニンニク抜きでお願いします。
(然後，請不要加大蒜)

其他

自己：すみません、替え玉をお願いします。
(不好意思，我想要加麵)

自己：すみません、チャーシューをトッピングしてください。
(不好意思，請幫我加叉燒)

 **居酒屋**

メニュー　　　　　　　　　　　　　　　　菜單

めいがら　　　　銘柄<ruby>めいがら</ruby>　　　　品牌

おてもと　　　　お手元<ruby>てもと</ruby>　　　　(餐廳會用來指)筷子

おとおし　　　　お通し<ruby>とお</ruby>　　　　強制性的收費小菜

おつまみ　　　　　　　　　　　　　　　　下酒菜

えだまめ　　　　枝豆<ruby>えだまめ</ruby>　　　　毛豆

とりのからあげ　　鶏の唐揚げ<ruby>とり　からあ</ruby>　　日式炸雞塊

なんこつあげ　　軟骨揚げ<ruby>なんこつあ</ruby>　　炸軟骨

あげだしどうふ　揚げ出し豆腐<ruby>あ　だ　どうふ</ruby>　高湯炸豆腐

ひややっこ　　　冷やっこ<ruby>ひや</ruby>　　　涼拌豆腐

ぎょうざ　　　　餃子<ruby>ぎょうざ</ruby>　　　煎餃

おちゃづけ　　　お茶漬け<ruby>ちゃづ</ruby>　　　茶泡飯

くしやき　　　　串焼き<ruby>くしや</ruby>　　　串燒

單字 2

ノンアルコール		無酒精
ソフトドリンク		茶、汽水、果汁等飲料
おさけ	お酒	酒
ビール		啤酒
ウィスキー		威士忌
しろわいん	白ワイン	白酒
あかわいん	赤ワイン	紅酒
にほんしゅ	日本酒	日本酒
しょうちゅう	焼酎	燒酒
カクテル		雞尾酒
りょくちゃ	緑茶	綠茶
ウーロンちゃ	ウーロン茶	烏龍茶
カルピス		可爾必思
ジンジャーエール		薑汁汽水

點飲料

工作人員：ご注文はお決まりですか。
(請問點餐決定好了嗎)

自己：とりあえずビールください。
(那就先給我啤酒好了)

工作人員：銘柄は何になさいますか。
(請問您要哪一種牌子的)

自己：じゃあ、キリン一番搾りを中ジョッキで。
(那麼，我要麒麟一番搾，中杯的)

點餐

自己：すみません。
(不好意思)

工作人員：はい、ご注文お伺いします。
(是的，請問需要什麼)

自己：だし巻き玉子と焼き鳥をください。
(請給我高湯煎蛋卷跟烤雞肉串)

工作人員：以上でよろしいですか。
(這樣就好了嗎)

自己：はい、以上で。
(對，就這樣)

 **咖啡廳**

<table>
<tr><td>單字</td></tr>
</table>

きっさてん	喫茶店 (きっさてん)	咖啡廳
スタバ (スターバックス)		星巴克
ショート		小杯
トール		中杯
グランデ		大杯
ベンティ		特大杯
アイス		冰的
ホット		熱的
コーヒー		咖啡
アメリカン		美式咖啡
カプチーノ		卡布奇諾
ラテ		拿鐵
マキアート		瑪奇朵
カフェモカ		摩卡咖啡

單字 2

エスプレッソ		義式濃縮咖啡
フラペチーノ		星巴克星冰樂
ミルク		牛奶
オーツミルク		燕麥奶
ティー		茶
まっちゃ	抹茶	抹茶
ほうじちゃ	ほうじ茶	焙茶
ココア		可可
キャラメル		焦糖
バニラ		香草
アーモンド		杏仁
チョコレート		巧克力
ストロベリー		草莓
ブルーベリー		藍莓

單字3

ケーキ	蛋糕
カステラ	蜂蜜蛋糕
バウムクーヘン	年輪蛋糕
シフォンケーキ	戚風蛋糕
ドーナツ	甜甜圈
フレンチトースト	法式吐司
マカロン	馬卡龍
モンブラン	蒙布朗
シュークリーム	泡芙
クレープ	可麗餅
パフェ	百匯
パンケーキ	鬆餅
プリン	布丁
ブリュレ	烤布蕾

點餐

工作人員：いらっしゃいませ。
　　　　　(歡迎光臨)

　　自己：ラテのグランデを一（ひと）つください。
　　　　　(我要 1 個大杯的拿鐵)

工作人員：ホットですか。
　　　　　(熱的嗎)

　　自己：アイスでお願（ねが）いします。 氷（こおり）抜（ぬ）きで。
　　　　　(我要冰的，去冰)

工作人員：かしこまりました。ご一緒（いっしょ）にスイーツはいかがですか。
　　　　　(好的，要不要一起點個甜點呢)

　　自己：そうですね。このチョコケーキも一（ひと）つください。
　　　　　(說的也是，也給我 1 塊這個巧克力蛋糕)

工作人員：かしこまりました。１４００円（せんよんひゃくえん）になります。
　　　　　(好的，總共是 1400 元)

　　自己：カードでお願（ねが）いします。
　　　　　(我要刷卡)

工作人員：店内（てんない）でお召（め）し上（あ）がりですか。それともお持（も）ち帰（かえ）りですか。
　　　　　(在這邊用餐嗎？還是說要外帶呢)

　　自己：持（も）ち帰（かえ）ります。
　　　　　(我要帶走)

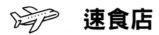 **速食店**

單字1

マクドナルド		麥當勞
ケンタッキー		肯德基
モスバーガー		摩斯漢堡
えすサイズ	Sサイズ	小
えむサイズ	Mサイズ	中
えるサイズ	Lサイズ	大
ハンバーガー		漢堡
チーズバーガー		起司漢堡
チキンフィレオ		雞排堡
えびフィレオ		蝦肉堡
フィレオフィッシュ		魚肉堡
ライスバーガー		米漢堡
ホットドッグ		熱狗
コーンスープ		玉米濃湯

單字 2

サイドメニュー	副餐
フライドポテト	薯條
ハッシュポテト	薯餅
フライドチキン	炸雞
チキンナゲット	雞塊
オリオンリング	洋蔥圈
アップルパイ	蘋果派
ホットケーキ	鬆餅
サラダ	生菜沙拉
ソフトクリーム	霜淇淋
シェイク	奶昔
ミルク	牛奶
コーラ	可樂
スプライト	雪碧
コーヒー	咖啡

點餐 ─────────────────────

工作人員：いらっしゃいませ。ご注文_{ちゅうもん}はお決まり_きですか。
(歡迎光臨，請問決定好要點什麼了嗎)

自己：えっと、ハンバーガーとポテトのＳと
(那個…我要漢堡，小薯)

オレンジジュースＭサイズ。
(和中杯的柳橙汁)

工作人員：ポテトをＭサイズにされると、
(如果薯條改成中薯)

セット料金_{りょうきん}になってお得_{とく}ですよ。
(就會是套餐價，比較划算唷)

自己：それならＭにします。
(那我要中薯)

工作人員：ありがとうございます。ただ今_{いま}、
(謝謝，另外現在)

キャンペーンでアイスが１００円引き_{ひゃくえんび}ですが、
(有冰淇淋折價 100 元的促銷活動)

ご一緒_{いっしょ}にどうですか。
(請問有要一起點嗎)

自己：うーん、アイスはいいです。
(嗯…冰淇淋就不用了)

工作人員：失礼しました。では、ハンバーガーとポテトのＭと
(好的。那麼，漢堡和中薯)

オレンジジュースのＭで、４３０円になります。
(和中杯的柳橙汁，總共是 430 元)

店内でお召し上がりですか。
(請問是內用嗎)

自己：いいえ、テイクアウトで。
(不，我要外帶)

工作人員：かしこまりました。袋にお入れいたします。
(好的，那幫您裝到袋子裡面)

ジュースが倒れやすいので、
(因為果汁容易打翻)

気を付けてお持ち帰りください。
(還請您拿回去的時候多加小心)

 # 遊客中心

かんこうきゃく	観光客 （かんこうきゃく）	觀光客
かんこうあんないじょ	観光案内所 （かんこうあんないじょ）	遊客中心
インフォメーション		觀光資訊中心
かんこうマップ	観光マップ （かんこう）	觀光地圖
かんこうスポット	観光スポット （かんこう）	觀光景點
ガイドブック		旅遊指南
パンフレット		導覽手冊
みどころ	見所 （みどころ）	值得看的地方
みごろ	見頃 （みごろ）	正是看的時候
ツアー		旅遊行程
コース		行程路線
イベント		活動

服務櫃台

自己：すみません、これ貰^{もら}ってもいいですか。
(不好意思，請問這個可以拿嗎)

工作人員：ご自由^{じゆう}にどうぞ。
(請隨意拿取)

自己：循環^{じゅんかん}バスの時刻表^{じこくひょう}はありますか。
(請問有循環公車的時刻表嗎)

工作人員：さきほどのパンフレットに載^のっておりますよ。
(剛才那本小冊子上就有刊載了)

自己：あ、本当^{ほんとう}だ。すみません、気^きづきませんでした。
(啊，真的耶。不好意思，我沒注意到)

工作人員：いいえ。ちなみに、どちらに行^いかれますか。
(沒關係。順便問一下，您是要去哪裡呢)

自己：えっと、博物館^{はくぶつかん}と記念公園^{きねんこうえん}。
(嗯…博物館和紀念公園)

時間^{じかん}があれば、神社^{じんじゃ}の方^{ほう}も行^いってみたいです。
(如果有時間的話，也想去神社看看)

工作人員：それでしたら、一日券^{いちにちけん}のご利用^{りよう}がおすすめです。
(那樣的話，我建議您使用一日券)

自己：分^わかりました。ありがとうございます。
(我知道了，謝謝)

✈ 拍照

ツーショット		兩人合照
ポーズ		姿勢
カメラ		照相機
デジカメ		數位相機
シャッター		快門
フラッシュ		閃光燈
さんきゃく	三脚 （さんきゃく）	三腳架
じどりぼう	自撮り棒 （じ ど ぼう）	自拍棒
みぎ	右 （みぎ）	右邊
ひだり	左 （ひだり）	左邊
まえ	前 （まえ）	前面
うしろ	後ろ （うし）	後面

詢問可不可以拍照

自己：あの、ちょっとすみません。
(那個…打擾一下)

工作人員：はい。
(是的)

自己：ここでは写真を撮っても大丈夫ですか。
(這裡可以拍照嗎)

工作人員：かまいませんよ。ご自由に。
(可以喔，請便)

詢問可不可以使用閃光燈

自己：あの、ここでフラッシュを使ってもいいですか。
(那個…請問這裡可以用閃光燈嗎)

工作人員：すみません、ここではフラッシュ撮影はご遠慮願います。
(不好意思，這裡請不要使用閃光燈攝影)

自己：フラッシュを使わなければ、撮っても大丈夫ですか。
(如果不開閃光燈的話，就能拍照嗎)

工作人員：はい、それはかまいません。
(是的，那樣就沒關係)

請人幫忙拍照 ────────────

自己：すみません、写真を撮ってもらえますか。
(不好意思，請問可以幫我們拍照嗎)

其他行人：いいですよ。
(好啊)

自己：ここを押すだけです。
(只要按這裡就好)

其他行人：はい、分かりました。
(好，我知道了)

自己：後ろの建物も入れてください。
(請將後面的建築物也拍進去)

其他行人：もう少し右に寄ってもらえますか。
(可以再稍微往右邊靠一點嗎)

自己：全員入っていますか。
(全部人都入鏡了嗎)

其他行人：うーん、ギリギリですね。
(嗯…有點勉強)

一列じゃなくて、前後に二列になった方がいいですよ。
(不要排成一排，排成兩排比較好)

前の人はしゃがんでください。
(麻煩前面的人蹲下)

じゃあ、撮ります。はい、チーズ。
(那我要拍了，來，笑一個)

…こんな感じでいいですか。
(這樣可以嗎)

自己：はい、どうもありがとうございました。
(可以，真的很謝謝你)

其他行人：どういたしまして。
(不客氣)

✈ 購買門票

單字

チケットブース		售票亭
まどぐち	窓口	窗口
にゅうじょうりょう	入場料	入場費
にゅうじょうけん	入場券	入場券
とうじつけん	当日券	當日票
まえうりけん	前売り券	預售票
はんけん	半券	票根
さいこうび	最後尾	隊伍的尾端
いっぱん	一般	一般
シニア		年長者
ようじ	幼児	幼兒
だんたいわりびき	団体割引	團體優惠

詢問售票處

自己：すみません、チケット売^うり場^ばはどこですか。
(不好意思，請問售票處在哪裡)

自己：すみません、チケットはどこで買^かえますか。
(不好意思，請問哪裡可以買到票)

購票

工作人員：いらっしゃいませ。
(歡迎光臨)

自己：あの、西武^{せいぶ}ライオンズ対日本^{たいにほん}ハムの試合^{しあい}、
(那個…西武獅隊對日本火腿隊的比賽)

今晩^{こんばん}のチケットを購入^{こうにゅう} できますか。
(可以買今天晚上的票嗎)

工作人員：はい、外野席^{がいやせき}と内野席^{ないやせき}、どちらになさいますか。
(可以的，外野座位和內野座位，請問您要哪一個)

自己：外野席^{がいやせき}をお願^{ねが}いします。
(請給我外野座位)

選擇位子

工作人員：お席の位置はどの辺になさいますか。
(您要選擇哪一帶的座位)

自己：できれば、最前列のチケットがほしいのですが…。
(可以的話，我想要最前排的座位)

工作人員：最前列はもう埋まってしまって…。
(最前排的座位已經坐滿了…)

前から二番目の席はいかがでしょ。
(從前面數來的第二個座位，您覺得如何)

自己：じゃ、それでお願いします。
(那，就那個位子)

排隊入場

自己：すみません、こちらは入場待ちの列ですか。
(不好意思，請問這裡是入場的隊伍嗎)

其他行人：いや、こっちは物販の列です。入場列はあっちです。
(不是，這邊是買東西的隊伍，入場的隊伍在那邊)

自己：分かりました。ありがとうございます。
(我知道了，謝謝)

 **神社**

じんじゃ	神社 じんじゃ	神社
かみさま	神様 かみさま	神明
さんどう	参道 さんどう	前往參拜的道路
とりい	鳥居 とりい	鳥居
こまいぬ	狛犬 こまいぬ	石獅子
さいせん	賽銭 さいせん	香油錢
おまもり	御守り おまも	護身符
えま	絵馬 えま	祈願用的小木板
おみくじ		神籤
きち	吉 きち	吉
きょう	凶 きょう	凶
にれいにはくしゅ	二礼二拍手 にれいにはくしゅ	鞠躬兩次再拍手兩次

抽籤

自己：すみません、おみくじをください。
(不好意思，請給我籤)

工作人員：１００円です。
(100 元)

自己：はい。
(好)

工作人員：こちらの筒を振って、
(請搖這裡的籤筒)

穴から出てきた数字をおっしゃってください。
(然後說出從洞口出來的數字)

自己：十五番です。
(是 15 號)

工作人員：はい、こちらをどうぞ。
(好的，請收下)

自己：ありがとうございます。
(謝謝)

抽完的籤

自己：すみません、引いたおみくじは
(不好意思，請問抽完的籤)

どのように処分すればいいですか。
(該怎麼樣處理才好)

工作人員：凶が出たらおみくじ掛けに結んでください。
(如果是凶的話，請綁在綁神籤的架子上)

それ以外は持ち帰って結構です。
(其他的可以帶回家)

自己：おみくじ掛けはどこにありますか。
(綁籤的架子在哪裡呢)

工作人員：御神木のすぐ隣です。
(就在神木的旁邊)

自己：分かりました。ありがとうございます。
(我知道了，謝謝)

買護身符

自己：家內安全のお守りをください。
(請給我闔家平安的護身符)

工作人員：１０００円です。
(1000 元)

自己：このお守りはどうやって持っていれば
(這個護身符要怎樣)

一番ご利益があるのですか。
(才最有效果呢)

工作人員：鞄やお財布などに入れて、
(請放進包包或錢包裡)

なるべく身につけるようにしてください。
(盡量隨身攜帶)

博物館、美術館

はくぶつかん	博物館	博物館
びじゅつかん	美術館	美術館
きねんかん	記念館	紀念館
かいかん	開館	開館
へいかん	閉館	閉館
さいにゅうかん	再入館	再次入館
きゅうかんび	休館日	休館日
かんないあんない	館内案内	館内簡介
けんがく	見学	參觀
ミュージアムショップ		禮品店
レプリカ		複製品
たちいりきんし	立ち入り禁止	禁止進入

索取手冊

自己：すみません、中国語のパンフレットと
<ruby>中国語<rt>ちゅうごくご</rt></ruby>
(不好意思，請問有中文的簡介手冊)

音声ガイドはありますか。
<ruby>音声<rt>おんせい</rt></ruby>
(和語音導覽嗎)

工作人員：パンフレットはこちらでございます。
(這是您要的簡介手冊)

音声ガイドについてですが、
<ruby>音声<rt>おんせい</rt></ruby>
(語音導覽的部分)

言語の対応は日本語と英語のみになっております。
<ruby>言語<rt>げんご</rt></ruby> <ruby>対応<rt>たいおう</rt></ruby> <ruby>日本語<rt>にほんご</rt></ruby> <ruby>英語<rt>えいご</rt></ruby>
(支援的語言只有日語和英語)

よろしいでしょうか。
(這樣您可以嗎)

自己：はい、大丈夫です。一台お願いします。
<ruby>大丈夫<rt>だいじょうぶ</rt></ruby> <ruby>一台<rt>いちだい</rt></ruby> <ruby>願<rt>ねが</rt></ruby>
(嗯，可以，麻煩給我 1 台)

工作人員：かしこまりました。
(好的)

５００円のご利用料金をいただきます。
<ruby>五百円<rt>ごひゃくえん</rt></ruby> <ruby>利用料金<rt>りようりょうきん</rt></ruby>
(要和您收取 500 元的使用費)

自己：はい。
(給你)

工作人員：５００円ちょうど 頂 戴します。
ごひゃくえん　　　　　　ちょうだい

(收您 500 元整)

こちらが音声ガイドでございます。
おんせい

(這是您的語音導覽)

ご利用がお済になりましたら、
りょう　すみ

(使用完畢之後)

こちらまでご返 却 くださいませ。
へんきゃく

(請您歸還到這裡)

自己：分かりました。ありがとうございます。
わ

(我知道了，謝謝)

館内告示

写真 撮 影は禁止です。
しゃしんさつえい　きんし

(禁止拍照攝影)

ロープの内 側に入らないでください。
うちがわ　はい

(請勿進入繩子內側)

手を触れないでください。
て　ふ

(請勿觸摸)

 # 遊樂園

ゆうえんち	遊園地	遊樂園
テーマパーク		主題樂園
ディズニーランド		迪士尼樂園
ユニバーサル・スタジオ・ジャパン		大阪環球影城
アトラクション		遊樂設施
いりぐち	入口	入口
でぐち	出口	出口
かんらんしゃ	観覧車	摩天輪
めいろ	迷路	迷宮
おばけやしき	お化け屋敷	鬼屋
マスコット		吉祥物
グッズ		周邊商品
はなび	花火	煙火
パレード		花車遊行

排隊

自己：すみません、今どれくらい待ちますか。
(不好意思，請問現在大概要排多久)

工作人員：ただ今待ち時間は約２時間４０分でございます。
(現在大約需要排 2 小時 40 分鐘)

自己：長いな…これ、ファストパスはありますか。
(好久啊…這個，有快速通行券嗎)

工作人員：はい、あちらの発券機でお求めいただけます。
(有的，可以在那邊的發券機索取)

自己：分かりました。ありがとうございます。
(我知道了，謝謝)

搭乘遊樂設施的指示

工作人員：スタッフが声をかけるまで、
(在工作人員上前迎接前)

座席に座ったままでお待ちください。
(請坐在座位上等候)

工作人員：シートベルトをしっかりお締めください。
(請繫緊安全帶)

 **購物**

單字

かいもの	買い物	買東西
メーカー		廠牌
しょうひん	商品	商品
サンプル		樣品
ざいこ	在庫	庫存
うりきれ	売り切れ	賣完
しなぎれ	品切れ	沒貨
にゅうかまち	入荷待ち	等待進貨
セール		特價拍賣
わりびき	割引	打折
つうろ	通路	走道
たな	棚	架子
レジ		收銀台

逛店家

工作人員：いらっしゃいませ。何<ruby>何<rt>なに</rt></ruby>かお<ruby>探<rt>さが</rt></ruby>しですか。
(歡迎光臨，在找什麼商品嗎)

自己：いいえ、<ruby>見<rt>み</rt></ruby>ているだけです。
(沒有，只是隨便看看而已)

工作人員：<ruby>何<rt>なに</rt></ruby>かありましたら、お<ruby>声<rt>こえ</rt></ruby>をおかけくださいね。
(如果有什麼事情的話，再叫我一聲)

自己：はい、ありがとうございます。
(好的，謝謝)

看商品

自己：すみません。
(不好意思)

工作人員：はい、<ruby>何<rt>なん</rt></ruby>でございましょうか。
(是的，請問怎麼了嗎)

自己：あの<ruby>棚<rt>たな</rt></ruby>に<ruby>置<rt>お</rt></ruby>いてある<ruby>商品<rt>しょうひん</rt></ruby>を<ruby>見<rt>み</rt></ruby>せてもらいたいのですが。
(我想看一下放在那個架子的商品)

工作人員：かしこまりました。<ruby>今<rt>いま</rt></ruby>、お<ruby>取<rt>と</rt></ruby>りいたします。
(好的，我現在就幫您拿過來)

買東西 ──────────────────

自己：あの、酔^よい止^どめの 薬^{くすり} を買^かいたいんですが。
(那個…我想要買暈車藥)

工作人員：はい、こちらです。
(好的，在這裡)

自己：…これとこれは何^{なに}が違^{ちが}うんですか。
(…這個和這個有什麼不一樣嗎)

工作人員：あ、そちらは子供用^{こどもよう}です。
(啊，那個是小孩子用的)

預算有限 ──────────────────

自己：あの…デジタルカメラを買^かいたいんですが。
(那個…我想要買數位相機)

工作人員：はい、デジタルカメラですね。
(好的，要買數位相機嗎)

自己：予算^{よさん}は２００００円^{にまんえん}なんですが…。
(我的預算是 2 萬元…)

工作人員：そうしますと…こちらの機種^{きしゅ}はいかがでしょうか。
(那樣的話…這個機種您覺得怎麼樣)

 **結帳**

かいけい	会計	結帳
ねだん	値段	價錢
ぜいこみ	税込み	含税
ぜいぬき	税抜き	不含税
ポイントカード		集點卡
かいいんカード	会員カード	會員卡
クレジットカード		信用卡
ビニールぶくろ	ビニール袋	塑膠袋
かみぶくろ	紙袋	紙袋
エコバッグ		環保袋
ねふだ	値札	價格標籤
レシート		發票
りょうしゅうしょ	領収書	收據

結帳

工作人員：次（つぎ）のお客様（きゃくさま）、どうぞ。
(下一位客人，這邊請)

いらっしゃいませ、商品（しょうひん）をお預（あず）かりします。
(歡迎光臨，請將商品給我)

ポイントカードはお持（も）ちですか。
(請問有集點卡嗎)

自己：いいえ。
(沒有)

工作人員：ポイントカードは無料（むりょう）で作（つく）れますが、いかがですか。
(集點卡可以免費申辦，您要辦一張嗎)

自己：結構（けっこう）です。
(不用)

工作人員：かしこまりました。こちらの商品（しょうひん）は合計（ごうけい）3点（さんてん）で、
(好的，這邊的商品總共 3 樣)

１２６０円（せんにひゃくろくじゅうえん）でございます。
(合計是 1260 元)

５０００円お預かりします。
(收您 5000 元)

３０００と ７ ４ ０ 円のお返しでございます。
(找您 3740 元)

レシートはご入用ですか。
(需要發票嗎)

自己：はい。
(要)

工作人員：こちらレシートでございます。
(這是您的發票)

ありがとうございます。またお越しくださいませ。
(謝謝，歡迎再度光臨)

免税商品結帳

自己：免税手続きをお願いします。
(請幫我辦理免税手續)

工作人員：かしこまりました。
(好的)

パスポートを拝見してもよろしいでしょうか。
(能讓我看一下您的護照嗎)

自己：はい。
(好的)

工作人員：手続きは上の階のサービスセンターで行いますので、
(由於手續是在樓上的服務中心進行)

先にお会計を済ませていただいてから、
(請先結完帳)

私と一緒に上に向かいます。
(然後再和我一起前往)

自己：分かりました。
(我知道了)

工作人員：こちら6点で、合計8600円になります。
(這邊是6樣商品，總共是8600元)

詢問是否免稅

自己：観光客なんですけど、これは免税で買えますか。
かんこうきゃく　　　　　　　　　　　　　めんぜい　か
(我是觀光客，請問這個可以免稅購買嗎)

工作人員：はい、パスポートを見せていただけますか。
み
(可以的，請讓我看一下您的護照)

…はい、表示価格から消費税分を値引き致します。
ひょうじかかく　　　　しょうひぜいぶん　ねび　いた
(好的，我會為您從標價扣除消費稅的部分)

自己：じゃ、これをください。
(那麼，我要買這個)

免稅商品

在日本購買免稅商品時，店家大致上會有兩種處理流程，
一種是在結帳時，便直接以免稅的價格結帳。
而另一種，則是先按含稅價格結帳，然後再另外退還稅金的部分。

超商、超市

單字 1

コンビニ		超商
スーパーマーケット		超市
セブンイレブン		7-11
ファミリーマート		全家
べんとう	弁当	便當
おにぎり		飯糰
ひやしちゅうか	冷やし中華	中華涼麵
焼きそば		炒麵
インスタントラーメン		泡麵
カップめん	カップ麺	杯麵
おでん		關東煮
サンドイッチ		三明治
パン		麵包
しょくパン	食パン	吐司

單字2

おかし	お菓子	點心
どらやき	どら焼き	銅鑼燒
シュークリーム		泡芙
チョコレート		巧克力
プリン		布丁
アイスクリーム		冰淇淋
まっちゃラテ	抹茶ラテ	抹茶拿鐵
カフェラテ		拿鐵咖啡
ミルクティー		奶茶
ヨーグルト		優酪乳
ざっし	雜誌	雜誌
ウェットティッシュ		濕紙巾
バッテリー		電池
ストロー		吸管

超商借廁所 ──────────────

自己：すみません、トイレはありますか。
(不好意思，請問有廁所嗎)

工作人員：まっすぐ行^いった奥^{おく}にあります。
(走到底就是了)

買便當 ──────────────

工作人員：お弁当^{べんとう}は温^{あたた}めますか。
(請問便當要加熱嗎)

自己：はい、お願^{ねが}いします。
(好的，麻煩你了)

工作人員：お箸^{はし}はお付^つけしますか。
(請問要附筷子嗎)

自己：大丈夫^{だいじょうぶ}です。
(不用了)

詢問商品在哪

自己：すみません、ドレッシングはどこに売っていますか。
(不好意思，請問哪裡有賣沙拉醬)

工作人員：３番目の通路にドレッシングのコーナーがあります。
(在第 3 條走道有沙拉醬區)

結帳

工作人員：以上で２７００円のお買い上げになります。
(總共是 2700 元)

自己：はい。
(好的)

工作人員：お客様、プリンにスプーンはお付けになりますか。
(客人，請問布丁要附湯匙嗎)

自己：お願いします。
(麻煩你了)

工作人員：レジ袋はご利用になりますか。
(請問需要塑膠袋嗎)

自己：はい。
(要)

 **電器**

でんきせいひん	電気製品	電器產品
かでん	家電	家電
メーカー		廠牌、製造商
ほしょうきかん	保証期間	保固期
そうじき	掃除機	吸塵器
ロボットそうじき	ロボット掃除機	掃地機器人
せんたくき	洗濯機	洗衣機
せんぷうき	扇風機	電風扇
エアコン		空調
クーラー		冷氣機
くうきせいじょうき	空気清浄機	空氣清淨機
じょしつき	除湿機	除濕機
ストーブ		暖爐

單字2

こたつ		暖桌
すいはんき	炊飯器	電子鍋
オーブン		烤箱
ウォーターオーブン		水波爐
でんしレンジ	電子レンジ	微波爐
トースター		烤麵包機
でんきケトル	電気ケトル	快煮壺
でんきポット	電気ポット	熱水瓶
ドライヤー		吹風機
テレビ		電視
パソコン		電腦
ノートパソコン		筆電
タブレット		平板
プリンター		印表機

購物

自己：ドライヤーを探^{さが}しているのですが、
(我想找吹風機)

紹^{しょうかい}介してもらえますか。
(可以幫我介紹一下嗎)

工作人員：かしこまりました。
(好的)

お気^きに入^いりのメーカーなどはございますか。
(有什麼喜歡的廠牌嗎)

自己：いいえ、特^{とく}には。一番売^{いちばんう}れ行^ゆきがいいのはどれですか。
(沒有特別中意的。請問賣得最好的是哪個)

工作人員：当店^{とうてん}の売^うれ筋^{すじ}メーカーはこちらでございます。
(本店的暢銷品是這個)

自己：こちら、マイナスイオンの物^{もの}ですか。
(這個是有負離子的嗎)

工作人員：はい、こちらからこちらまで
(對，從這邊到這邊)

全^{すべ}てマイナスイオンドライヤーとなっております。
(全部都是負離子吹風機)

自己：うーん、でも
(嗯…不過)

もうちょっとコンパクトな物<ruby>物<rt>もの</rt></ruby>がほしいですね。
(我想要更小型一點的)

工作人員：それでしたら、こちらはいかがですか。
(這樣的話，這支您覺得如何呢)

<ruby>本体<rt>ほんたい</rt></ruby>が<ruby>小<rt>ちい</rt></ruby>さめで、<ruby>折<rt>お</rt></ruby>り<ruby>畳<rt>たた</rt></ruby>み<ruby>式<rt>しき</rt></ruby>となっておりますので、
(它本體體積較小，又是折疊式的)

<ruby>携帯<rt>けいたい</rt></ruby>に<ruby>便利<rt>べんり</rt></ruby>でございます。
(很便於攜帶)

それに、<ruby>全電圧対応<rt>ぜんでんあつたいおう</rt></ruby>となっておりますので、
(而且，它可以對應全電壓)

<ruby>旅行<rt>りょこう</rt></ruby>に<ruby>最適<rt>さいてき</rt></ruby>でございます。
(很適合帶去旅遊)

✈ 藥妝店

ドラッグストア		藥妝店
くすり	薬（くすり）	藥
カプセル		膠囊
じょうざい	錠剤（じょうざい）	藥錠
こなぐすり	粉薬（こなぐすり）	藥粉
すいやく	水薬（すいやく）	藥水
かぜぐすり	風邪薬（かぜぐすり）	感冒藥
いちょうやく	胃腸薬（いちょうやく）	腸胃藥
めぐすり	目薬（めぐすり）	眼藥水
いたみどめ	痛み止め（いたみどめ）	止痛
むしさされ	虫刺され（むしさされ）	蚊蟲叮咬
ばんそうこう	絆創膏（ばんそうこう）	OK繃
おむつ		尿布

しっぷ	湿布 しっぷ	貼布
つかいすてカイロ	使い捨てカイロ つか　す	暖暖包
ビタミン		維他命
プロテイン		蛋白質
コラーゲン		膠原蛋白
アミノさん	アミノ酸 さん	胺基酸
ヒアルロンさん	ヒアルロン酸 さん	玻尿酸
ミネラル		礦物質
カルシウム		鈣
てつ	鉄 てつ	鐵
マグネシウム		鎂
あえん	亜鉛 あえん	鋅
カロテン		胡蘿蔔素
リコピン		茄紅素

化妝品

けしょう	化粧	化妝
メイクおとし	メイク落とし	卸妝
クレンジングオイル		卸妝油
せんがんりょう	洗顔料	洗面乳
びようえき	美容液	精華液
マスカラ		睫毛膏
チーク		腮紅
くちべに	口紅	口紅
クリーム		乳霜
リップクリーム		護唇膏
ハンドクリーム		護手霜
ひやけどめ	日焼け止め	防曬乳
マニキュア		指甲油
パック		面膜

盒數

からばこ	からばこ 空箱	空盒子
ひとはこ	ひとはこ 一箱	1 盒
ふたはこ	ふたはこ 二箱	2 盒
さんぱこ	さんぱこ 三箱	3 盒
よんはこ	よんはこ 四箱	4 盒
ごはこ	ごはこ 五箱	5 盒
ろっぱこ	ろっぱこ 六箱	6 盒
ななはこ	ななはこ 七箱	7 盒
はっぱこ	はっぱこ 八箱	8 盒
きゅうはこ	きゅうはこ 九箱	9 盒
じゅっぱこ	じゅっぱこ 十箱	10 盒

詢問商品

工作人員：いらっしゃいませ。
(歡迎光臨)

自己：こんにちは。目薬は売っていますか。
(你好，請問有在賣眼藥水嗎)

工作人員：はい、ありますよ。全部この棚にあります。
(嗯，有的。全部都在這一個架子上)

直接櫃台買

自己：すみません、イブＡ錠をください。
(不好意思，請給我 EVE 止痛藥)

工作人員：１箱でよろしいですか。
(1 盒可以嗎)

自己：３箱でお願いします。
(麻煩給我 3 盒)

工作人員：すみません、ご購入はお一人様
(不好意思，這款藥限定一人)

２箱までとなっております。
(最多只能購買 2 盒)

自己：じゃ、２箱でお願いします。
(那麻煩 2 盒)

 # 服飾

單字1		

サイズ		尺寸
しちゃく	試着	試穿
ながい	長い	長
みじかい	短い	短
きつい		緊
ゆるい		鬆
ぴったり		完全吻合
ふく	服	衣服
きもの	着物	和服
ようふく	洋服	西服
うわぎ	上着	上衣、外套
したぎ	下着	內衣褲
パジャマ		睡衣

アウター	外套
コート	大衣
ジャケット	夾克
ダウンジャケット	羽絨外套
ジージャン	牛仔外套
ブレザー	西裝外套
トップス	上衣
スーツ	西裝
シャツ	襯衫
Tシャツ	T恤
ポロシャツ	POLO衫
ワイシャツ	白襯衫
ブラウス	女用襯衫
パーカー	連帽衣
セーター	毛衣

單字 3

ボトムス		下半身衣物
スカート		裙子
ミニスカート		迷你裙
ワンピース		連身裙
ズボン		褲子
ジーンズ		牛仔褲
パンツ		褲子、內褲
ホットパンツ		熱褲
トランクス		四角褲
ショーツ		女用內褲
ブラジャー		內衣胸罩
えり	襟 (えり)	衣領
すそ	裾 (すそ)	衣襬
そで	袖 (そで)	袖子

挑選服飾

工作人員：いらっしゃいませ。どうぞお手に取ってご覧ください。
(歡迎光臨，請拿起來看看)

自己：すみません、このスカートを試着したいのですが。
(不好意思，我想要試穿這件裙子)

工作人員：はい、どうぞ。この奥が試着室です。
(好的，請。這裡面是試衣間)

ハンガーをお取りしますね。
(我幫您把衣架拿起來喔)

自己：ありがとうございます。
(謝謝)

試穿

工作人員：お客様、いかがですか。
(客人，請問您覺得如何呢)

自己：あ、すみません、まだ着ている途中です。
(啊，不好意思，我還在穿)

工作人員：失礼いたしました。
(失禮了)

お召しになりましたら、お声をお掛けください。
(如果您穿好了的話，再叫我一聲)

自己：あの…。
(那個…)

工作人員：はい、お客様、いかがですか。
(是的，客人，如何呢)

自己：少しゆるいのですが、他のサイズはありますか。
(有一點鬆，請問有別的尺寸嗎)

工作人員：はい、ただ今お持ちいたします。
(有的，我現在就幫您拿過來)

自己：お願いします。
(麻煩你了)

工作人員：一つ下のサイズをお持ちいたしました。どうぞ。
(我拿小一號的來了，請試試)

自己：ありがとうございます。
(謝謝)

工作人員：今度はいかがですか。
(請問這一次如何呢)

自己：はい、ちょうどいいです。
(是的，剛剛好)

 **鞋子**

	單字	

シューズ		鞋子
ながぐつ	長靴 (ながぐつ)	雨鞋
かわぐつ	革靴 (かわぐつ)	皮鞋
ローファー		沒有鞋帶的皮鞋
ブーツ		靴子
レインブーツ		雨靴
スニーカー		運動鞋
ハイヒール		高跟鞋
パンプス		女性跟鞋
げた	下駄 (げた)	木屐
サンダル		涼鞋
ビーチサンダル		夾腳拖
スリッパ		拖鞋
くつした	靴下 (くつした)	襪子

買鞋子

工作人員：お客様、いかがですか。
(客人，請問您覺得如何呢)

自己：ちょっと小さいです。
(有點小)

もうワンサイズ上のはありますか。
(請問有大1號的嗎)

工作人員：はい、持ってまいります。今度はいかがですか。
(有的，我去拿過來。這一次感覺怎麼樣)

自己：今度はちょうどいいです。歩いても痛くないです。
(這次剛剛好，走路也不會痛)

工作人員：良かったです。
(太好了)

自己：これにします。
(我要買這個)

工作人員：お買い上げありがとうございます。
(感謝您的購買)

お客様、お箱はどうされますか。
(客人請問您要盒子嗎)

自己：箱はいいです。
(盒子不要了)

 # 伴手禮

單字1

おみやげ	お土産 （みやげ）	伴手禮
てみやげ	手土産 （てみやげ）	拜訪別人時帶的禮品
はがき	葉書 （はがき）	明信片
しおり		書籤
キーホルダー		鑰匙圈
ストラップ		吊飾
マグカップ		馬克杯
グラス		玻璃杯
おきもの	置物 （おきもの）	擺飾
まねきねこ	招き猫 （まねきねこ）	招財貓
おもちゃ		玩具
ぬいぐるみ		布偶
にんぎょう	人形 （にんぎょう）	人偶

ポスター		海報
タペストリー		掛軸
せんす	扇子（せんす）	摺扇
うちわ		圓扇
おめん	お面（めん）	面具
かさ	傘（かさ）	傘
わがし	和菓子（わがし）	日式糕點
ようがし	洋菓子（ようがし）	西式糕點
ようかん	羊羹（ようかん）	羊羹
せんべい		仙貝
クッキー		餅乾
しょうひきげん	消費期限（しょうひきげん）	消費期限
しょうみきげん	賞味期限（しょうみきげん）	賞味期限

買伴手禮

自己： 友達へのお土産を探しています。
(我在找要給朋友的伴手禮)

何かいい物はありますか。
(請問有什麼適合的東西嗎)

工作人員： こちらの地酒はいかがですか。お土産として人気です。
(這邊的當地產的酒怎麼樣呢？很多人買來當伴手禮)

自己： あんまり飲まない人なので、お酒はちょっと…。
(他不太喝酒，所以酒類有點不太適合…)

お菓子とかならいいですけど。
(點心之類的話倒是可以)

工作人員： それでしたら、
(這樣的話)

こちらのお饅頭かこちらの飴がおすすめですね。
(我推薦這邊的日式甜饅頭或是這邊的糖果)

自己： いいですね。でも食べ物以外の物も見てみたいです。
(不錯耶，不過我也想看看食物以外的東西)

工作人員：食べ物以外なら漆器のお箸なども人気ですよ。

(食物以外的話，漆器的筷子之類的也很受歡迎喔)

自己：いいですね、それ。自分用のも買いたいです。

(不錯耶，那個。我也想買來自己用)

じゃ、お饅頭 1 箱とお箸 2 セットください。

(那麼，就給我 1 盒甜饅頭跟 2 組筷子)

工作人員：ありがとうございます。

(謝謝惠顧)

保存期限

台灣食品的標示，通常只標示「保存期限」，一旦超過期限，食品就會開始腐壞。

日本食品的標示則有兩種，「賞味期限」跟「消費期限」。

「賞味期限」是在期限內味道不會變差。

而「消費期限」就是「保存期限」，一旦超過，食品就會開始腐壞。

 # 就醫

單字

びょういん	病院 （びょういん）	醫院
いりょうセンター	医療 センター （いりょう）	醫療中心
しんりょうじょ	診療所 （しんりょうじょ） （クリニック）	診所
きゅうきゅうしゃ	救急車 （きゅうきゅうしゃ）	救護車
がいらい	外来 （がいらい）	門診
ほけんしょう	保険証 （ほけんしょう）	健保卡
しんりょうけん	診療券 （しんりょうけん）	病患卡
もんしんひょう	問診票 （もんしんひょう）	初診單
カルテ		病歷
びょうき	病気 （びょうき）	疾病
インフルエンザ		流行性感冒
たいちょう	体調 （たいちょう）	身體狀況

請人叫救護車

其他行人：どうしましたか。
　　　　(你怎麼了嗎)

自己：急 にお腹が痛 くなって…、救 急 車を呼んでください。
　　　(我突然肚子好痛…請幫我叫救護車)

其他行人：今 すぐ呼 びますから、じっとしてて。
　　　　(我馬上叫，你忍耐一下)

自己：すみません…。
　　　(不好意思…)

掛號

醫事人員：ここに来るのは初めてですか。
　　　　(您是第一次來我們這裡嗎)

自己：はい。あ、観 光 客 なので、保険 証 は持っていません。
　　　(對。啊，我是觀光客，所以沒有健康保險卡)

診療申請書、問診單

書いておけば安心　医療に関する自分情報
《提前寫下，添一分安心　醫療相關的個人信息》

氏名《姓名》

生年月日《出生年月日》

性別《性別》
男性 ／ 女性
《男性／女性》

年齢《年齢》

歳《歳》

●現在治療中の疾患(ある／なし)
《正在接受治療的疾病 (有／無)》

●現在服用中の薬(ある／なし)
《正在服用的藥物 (有／無)》

●妊娠している・していない《懷孕中・未懷孕》
●既往症 《過往病史》

●アレルギー　薬／食物／虫(ハチなど)／動物／そのほか
《過敏物　藥物／食物／蚊蟲 (蜜蜂等)／動物／其他》
※具体的に書いてください
《※請盡量寫上具體內容》

●通常の会話は何語を使いますか？(　　　　　　　　　　)
《平時對話使用什麼語言？》
●信仰する宗教は？(　　　　　　　　　　)
《信仰的宗教是？》

症狀 1

あたまがいたい	頭が痛い	頭痛
ねつ	熱	發燒
めまい		暈眩
みみがいたい	耳が痛い	耳朵痛
きこえない	聞こえない	聽不見
みみなり	耳鳴り	耳鳴
めがいたい	目が痛い	眼睛痛
みえない	見えない	看不到
くちのなかがいたい	口の中が痛い	嘴巴裡面痛
したがいたい	舌が痛い	舌頭痛
あじがわからない	味がわからない	嚐不出味道
はがいたい	歯が痛い	牙齒痛
はぐきがいたい	歯茎が痛い	牙齦痛

のどがいたい	<ruby>喉<rt>のど</rt></ruby>が<ruby>痛<rt>いた</rt></ruby>い	喉嚨痛
こえがでない	<ruby>声<rt>こえ</rt></ruby>が<ruby>出<rt>で</rt></ruby>ない	發不出聲音
たんがでる	<ruby>痰<rt>たん</rt></ruby>が<ruby>出<rt>で</rt></ruby>る	有痰
せき	<ruby>咳<rt>せき</rt></ruby>	咳嗽
くびがまわらない	<ruby>首<rt>くび</rt></ruby>が<ruby>回<rt>まわ</rt></ruby>らない	脖子無法轉動
くびがいたい	<ruby>首<rt>くび</rt></ruby>が<ruby>痛<rt>いた</rt></ruby>い	脖子痛
はれている	<ruby>腫<rt>は</rt></ruby>れている	腫
おなかがいたい	お<ruby>腹<rt>なか</rt></ruby>が<ruby>痛<rt>いた</rt></ruby>い	肚子痛
げり	<ruby>下痢<rt>げり</rt></ruby>	腹瀉
こしがいたい	<ruby>腰<rt>こし</rt></ruby>が<ruby>痛<rt>いた</rt></ruby>い	腰痛
しびれ		麻
ひざがいたい	<ruby>膝<rt>ひざ</rt></ruby>が<ruby>痛<rt>いた</rt></ruby>い	膝蓋痛
まげられない	<ruby>曲<rt>ま</rt></ruby>げられない	無法彎曲

はなみず	鼻水（はなみず）	鼻水
はなぢ	鼻血（はなぢ）	鼻血
くしゃみ		打噴嚏
いきぐるしい	息苦しい（いきぐるしい）	呼吸困難
むねがいたい	胸が痛い（むねがいたい）	胸口疼痛
かゆい	痒い（かゆい）	癢
はきけ	吐き気（はきけ）	想吐
さむけ	寒気（さむけ）	畏寒
けが	怪我（けが）	受傷
やけど		燒燙傷
ころんだ	転んだ（ころんだ）	摔倒了
きった	切った（きった）	割到
あたった	当たった（あたった）	撞到

醫生問診

醫事人員：どうされましたか。
(怎麼了嗎)

自己：喉が痛くて、熱っぽいです。
(喉嚨痛，好像有點發燒)

醫事人員：いつからですか。
(從什麼時候開始的)

自己：昨日の夕方からです。
(從昨天傍晚開始)

醫事人員：体温は測りましたか。
(有量體溫了嗎)

自己：まだです。
(還沒)

醫事人員：じゃ、とりあえず体温を測りましょう。
(那我們先來量一下體溫吧)

自己：はい、お願いします。
(好，麻煩了)

醫事人員：まだ熱がありますね。鼻水は出ますか。
(還有點熱呢，有流鼻水嗎)

自己：少し出ます。
(有一點)

醫事人員：喉を見せてください。
（讓我看一下喉嚨）

自己：はい。
（嗯）

醫事人員：赤く腫れていますね。では、服をめくってください。
（有紅腫的情形呢，那麼，請把衣服掀開）

自己：はい。
（好）

醫事人員：大きく息を吸って、吐いて。はい、いいですよ。
（大口吸氣，吐氣，好，可以了）

自己：どうですか。
（情況怎麼樣）

醫事人員：今流行っている風邪ですね。
（是現在流行的感冒）

処方箋を出しますから、薬局で薬をもらってください。
（我開處方簽給你，請到藥局拿藥）

自己：分かりました。ありがとうございました。
（我知道了，謝謝）

醫事人員：お大事にしてください。
（請保重身體）

各項指示 ━━━━━━━

醫事人員：口を開けてください。
(把嘴巴張開)

醫事人員：腕を出してください。
(伸出手)

醫事人員：服を脱いでください。
(請把衣服脱掉)

醫事人員：横になってください。
(請躺下)

醫事人員：楽にしてください。
(放輕鬆)

醫事人員：足を高くしてください。
(把腳抬高)

醫事人員：後ろを向いてください。
(請向後轉)

醫事人員：背中を見せてください。
(讓我看一下背部)

醫事人員：検査が必要です。
(需要檢查)

醫事人員：レントゲンを撮^とります。
(照 X 光)

醫事人員：点滴^{てんてき}をします。
(打點滴)

醫事人員：注射^{ちゅうしゃ}をします。
(打針)

醫事人員：激^{はげ}しい運動^{うんどう}は控^{ひか}えてください。
(減少劇烈運動)

開立診斷書

醫事人員：じゃ、お大事^{だいじ}に。
(那麼，請多保重)

自己：あの、すみませんが、診断書^{しんだんしょ}を書^かいてもらえますか。
(那個，不好意思…可以幫我開診斷書嗎)

醫事人員：ええ、日本語^{にほんご}でいいですか。
(好的，用日文可以嗎)

自己：できれば、英語^{えいご}で書^かいてもらえないでしょうか。
(如果可以的話，能不能幫我用英文寫)

拿藥

自己：すみません、病院から処方箋をもらったのですが。

(不好意思，我有帶醫院的處方箋)

醫事人員：処方箋をお出しください。

(請給我您的處方箋)

自己：はい。

(好)

醫事人員：薬をお出しするまで、椅子に座ってお待ちください。

(在準備藥品的期間，請旁邊稍坐等候一下)

陳さん。

(陳先生)

自己：はい。

(是我)

醫事人員：三日分のお薬です。白い粉薬とピンクの錠剤は

(這是 3 天份的藥。白色藥粉和粉紅色藥丸)

朝昼晩、毎食後にお飲みください。

(請在每天的三餐飯後服用)

カプセルは一日 2 回、朝と晩、

毎食後にお飲みください。

(膠囊則是一天 2 次，請在早餐跟晚餐的飯後服用)

お 薬 の 説明が書いてある用紙も一緒にお渡ししますね。

くすり　せつめい　か　　　　　ようし　いっしょ　わた

(藥品的說明單子我也放在一起給您)

自己：はい、ありがとうございます。

(好的，謝謝)

醫事人員：代金は１２００円になります。

だいきん　せんにひゃくえん

(費用是 1200 元)

自己：はい、どうぞ。

(好的，給你)

醫事人員：お大事にしてくださいね。

だいじ

(要多保重身體喔)

看醫生

在日本看醫生的流程與台灣差不多，都是掛號→等叫號→醫生問診→拿藥。

只是要注意醫、藥分離。

在醫院看完醫生之後，要付看病費用，以及拿處方箋。

然後拿處方箋去藥局領藥，這個時候需要再支付藥品的費用。

遇上事情

單字 1

とうなん	盗難	竊盗
どろぼう	泥棒	小偷
スリ		扒手
ごうとう	強盗	強盗、搶劫
ひったくり		飛車搶劫
ちかん	痴漢	色狼
ストーカー		跟蹤狂
まんびき	万引き	偽裝成顧客的偷竊
あきす	空き巣	闖空門
けいさつしょ	警察署	警察局
しょうぼうしょ	消防署	消防局
もくげきしゃ	目撃者	目撃者
ひがいしゃ	被害者	被害者

單字2

ひゃくとおばん	１１０番	110
こうばん	交番	派出所
かじ	火事	失火
こうつうじこ	交通事故	車禍
せっしょく	接触	碰撞
しょうとつ	衝突	相撞
ついとつ	追突	追撞
ひきにげ	ひき逃げ	肇逃
いんしゅうんてん	飲酒運転	酒駕
しんごうむし	信号無視	闖紅燈
スピードいはん	スピード違反	超速
ちゅうしゃいはん	駐車違反	違停

碰到搶劫

小偷強盜：動くな、じっとしてろ。金を出せ。
(不要動，安分點，把錢交出來)

自己：た…助けて…。
(救…救命…)

小偷強盜：静かにしろ。金はどこだ。
(給我安靜點，錢在哪裡)

自己：ポケットの中です。
(在口袋裡面)

小偷強盜：これしかないのか。
(只有這樣嗎)

自己：それしかありません。
(就只有那樣)

詢問警局所在

自己：すみません、警察はどこですか。
(不好意思，請問警察在哪裡)

其他行人：駅前に交番がありますよ。
(在車站前面有 1 間派出所喔)

失竊報案

自己：すみません、財布を盗まれたので、相談したいのですが。
(不好意思，我錢包被偷了，想找你們商量一下…)

值班員警：盗まれた場所、状況や財布の外見と中身など、
(請將被偷的地點、狀況，錢包的外觀和內容物這些事情)

詳しいことを聞かせてください。
(詳細的告訴我們)

自己：黄色の財布で、中には約二万円の現金と
(是個黃色的錢包，裡面大概有 2 萬元)

クレジットカードが入っています。
(和信用卡)

駅のホームで物を買う時、財布はまだありましたので、
(我在車站月台買東西的時候，錢包還在)

たぶん電車の中で盗まれたと思います。
(所以我想應該是在電車上被偷走的)

值班員警：分かりました。では、
(我知道了，那麼)

こちらの盗難届に記入してください。
(請填寫一下這張失竊報案單)

超速被開單

交通警察：横に寄せて止まってください。
(請靠邊停車)

自己：はい、何ですか。
(好的，怎麼了)

交通警察：ちょっと運転免許証を見せてください。
(讓我看一下你的駕照)

自己：はい、これです。
(好，這個)

交通警察：スピード違反ですね。
(你超速了)

自己：すみません、全然気づきませんでした。
(不好意思，我完全沒注意到)

交通警察：ここの制限速度は５０キロですよ。
(這裡的速限是 50 公里)

あなたは７０キロで走行していました。
(你開到 70 公里了)

自己：すみません…。
(不好意思…)

交通警察：違反切符を切ります。
(要開罰單)

自己：罰金はいくらですか。
(罰金是多少啊)

交通警察：１５０００円です。
(15000 元)

問候語、常用句

問候語

おはようございます		早安
こんにちは		你好、午安
こんばんは		晚上碰面時的晚安
おやすみなさい		就寢的晚安
おつかれさまでした	お疲れ様でした	你辛苦了

再見

またね		再見、明天見
またあとで	また後で	之後見
さようなら		再見、永別了

道謝

ありがとうございます	謝謝
どういたしまして	不客氣

用餐

いただきます		我開動了
ごちそうさまでした	ご馳走様でした	多謝招待

購物

いくらですか		請問多少錢啊？
これをください		請給我這個
みせてください	見せてください	請讓我看一下

服務上

けっこうです	結構です	不用了
だいじょうぶです	大丈夫です	沒問題
おねがいします	お願いします	麻煩你了

國家圖書館出版品預行編目 (CIP) 資料

日語輕鬆遊：觀光會話一本 GO!/ 陳明玄作 .
-- 第二版 . -- 新北市：商鼎數位出版有限公
司 , 2024.06
　面；　公分
ISBN 978-986-144-272-3(平裝)

1.CST: 日語 2.CST: 旅遊 3.CST: 會話

803.188　　　　　　　113007414

日語輕鬆遊 觀光會話一本GO!

作　　者　陳明玄

發 行 人　王秋鴻
出 版 者　商鼎數位出版有限公司
　　　　　地址：235 新北市中和區中山路三段136巷10弄17號
　　　　　電話：(02)2228-9070　傳真：(02)2228-9076
　　　　　客服信箱：scbkservice@gmail.com

編 輯 經 理　甯開遠
執 行 編 輯　尤家瑋
獨立出版總監　黃麗珍
編 排 設 計　蕭韻秀

商鼎官網

f 來出書吧！

2024年6月15日出版　第二版／第一刷